KAWADE
夢文庫

こんなにエロい古事記の神々

林 義人

河出書房新社

最古の歴史書に書かれた人間くさい神々のエピソード——前書き

日本で最も古い歴史書とされる『古事記』。その編纂《へんさん》は七一二年のこととされている。縄文時代から弥生時代、さらに古墳時代にかけて生まれ、語り継がれた日本各地の言い伝えを集大成したものと思われる。

七一〇年に奈良遷都が行われた直後の時代であり、「そろそろ神の世からつながる大和朝廷の正統性と合理性を示す文献を作っておこう」という思惑があったのだろう。

七二〇年には同じ歴史書として『日本書紀』が編纂された。当然、中身は『古事記』とダブっているが、両書の性格はだいぶ異なる。『日本書紀』は天皇家を賛美する内容が中心になっているが、『古事記』はむしろ神や天皇家のマイナスイメージにつながるのではないか？　と思われるような挫折《ざせつ》や失敗談、さらには色っぽい話が多い。

たとえば、イザナキ（伊邪那岐命）と〝夫婦の営み〟をして国土を創り出し、たくさんの神々を生み出したイザナミ（伊邪那美命）は「ほと（女陰）」のやけどで命を失うはめになった。

最高神とされるアマテラス（天照大御神）が弟のスサノオ（建速須佐之男命）の乱行に怒って天《あま》の岩屋戸に閉じこもったとき、アメノウズメ（天宇受賣命）という女神は男神たちの見ている前で、史上初のストリップショーをやってのける。

オオクニヌシ（大国主神）は、女神にモテたがために兄弟神に二回も殺される経験をしながら、懲《こ》りずに女神漁りを続ける。オオモノヌシ（大物主神）にいたっては、用をたしている最中の乙女を便器の中から襲うというハレンチさだ。

第一六代仁徳《にんとく》天皇は自らのたび重なる浮気が原因で戻ってこなくなった妻を、必死に取り戻そうとする。

なぜ、このような記述が歴史書に残されているのか。さまざまな議論がなされてきたが、その真実は永遠にわからないだろう。だが、エッチでわがままな神様がふんだんに登場するからこそ、『古事記』は現代人をも惹《ひ》きつけるのかもしれない。

『古事記』はもともと上巻、中巻、下巻の三部から構成されていた。上巻は「神代《かみよ》編」ともいわれ、「天の岩屋戸」「八岐大蛇《やまたのおろち》」「因幡《いなば》の白うさぎ」「海幸彦山幸彦」など、天地創造から初代天皇とされる神武《じんむ》天皇の誕生までの神話がまとめられている。

そして、中巻と下巻は「人代《ひとよ》編」とされ、中巻では神武天皇の東征物語から第一五代応神《おうじん》天皇の治世まで、下巻では第一六代仁徳天皇から第三三代推《すい》古《こ》天皇までの物語が収められている。

本書では「神代編」を中心に『古事記』中のエロティックな話をピックアップし、あらすじとともに〈オトナの古事記解説〉を付した。古代人の心に触れ、日本最古の書物を身近に感じていただければ幸いである。

林 義人

別天つ神と神代七代

別天《ことあま》つ神

造化三神《ぞうかさんしん》

アメノミナカヌシノカミ
タカミムスヒノカミ
カミムスヒノカミ

ウマシアシカビヒコヂノカミ
アメノトコタチノカミ

神代七代《かみよななよ》

クニノトコタチノカミ
トヨクモノノカミ

男神		女神
ウヒヂニ		スヒヂニ
ツノグヒ		イクグヒ
オホトノジ		オホトノベ
オモダル		アヤカシコネ
イザナキ	＝	イザナミ

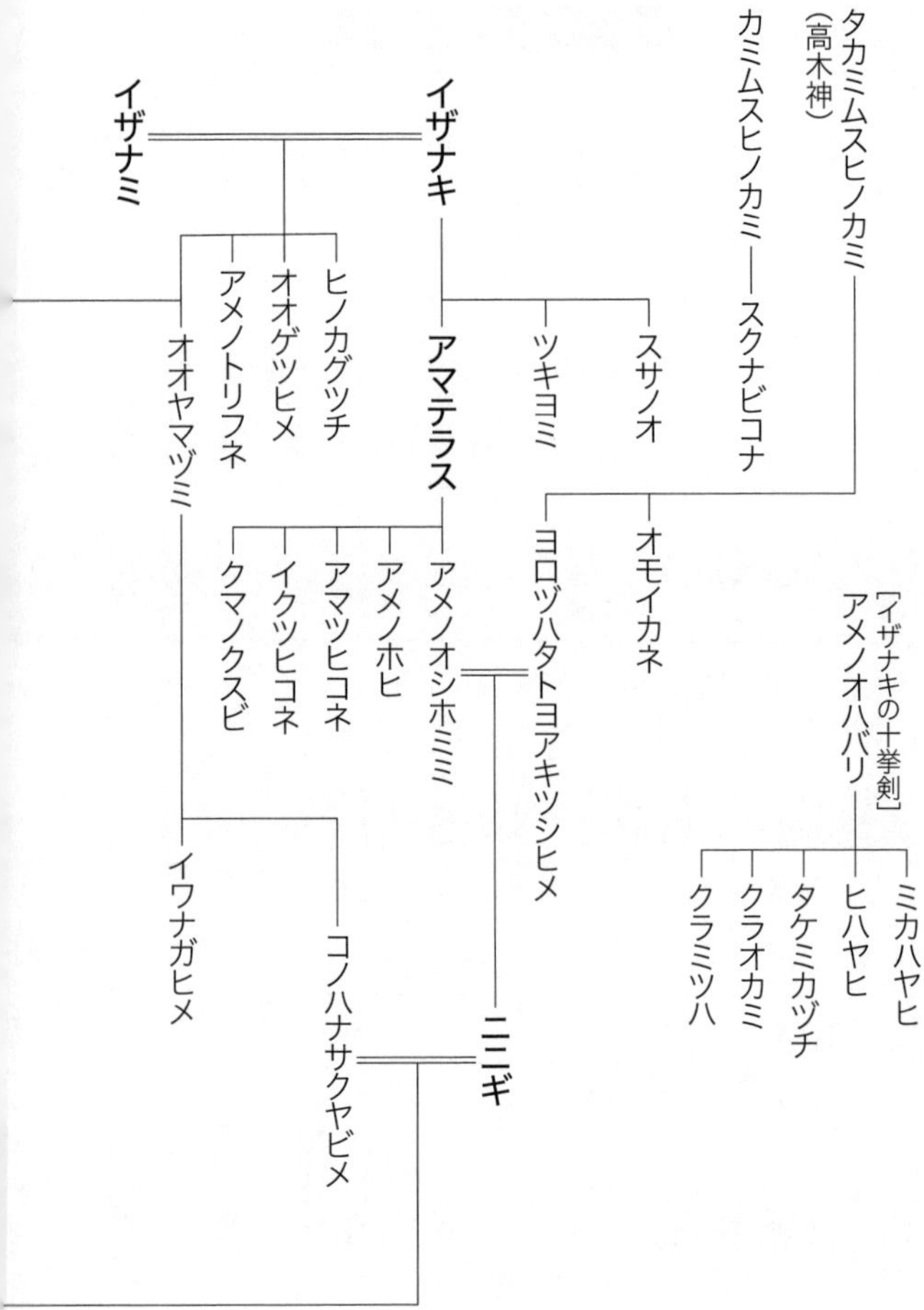
タカミムスヒノカミ
（高木神）
カミムスヒノカミ
スクナビコナ
スサノオ
オモイカネ
ヨロヅハタトヨアキツシヒメ
イザナキ
イザナミ
ツキヨミ
アマテラス
ヒノカグツチ
オオゲツヒメ
アメノトリフネ
オオヤマヅミ
アメノオシホミミ
アメノホヒ
アマツヒコネ
イクツヒコネ
クマノクスビ
〔イザナキの十挙剣〕
アメノオハバリ
ミカハヤヒ
ヒハヤヒ
タケミカヅチ
クラオカミ
クラミツハ
イワナガヒメ
コノハナサクヤビメ
ニニギ

イザナキとイザナミの系譜

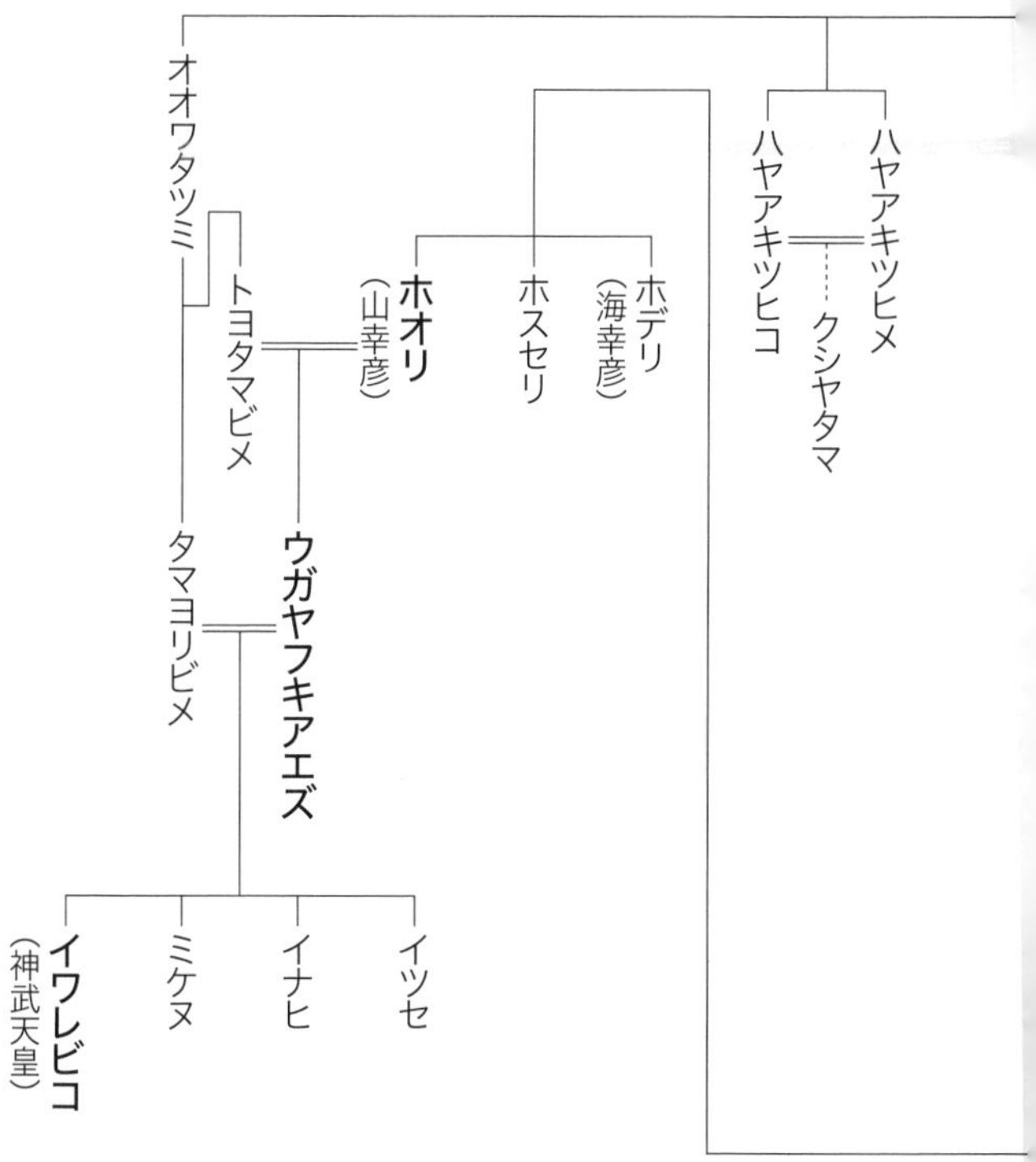

スサノオとオオクニヌシの系譜

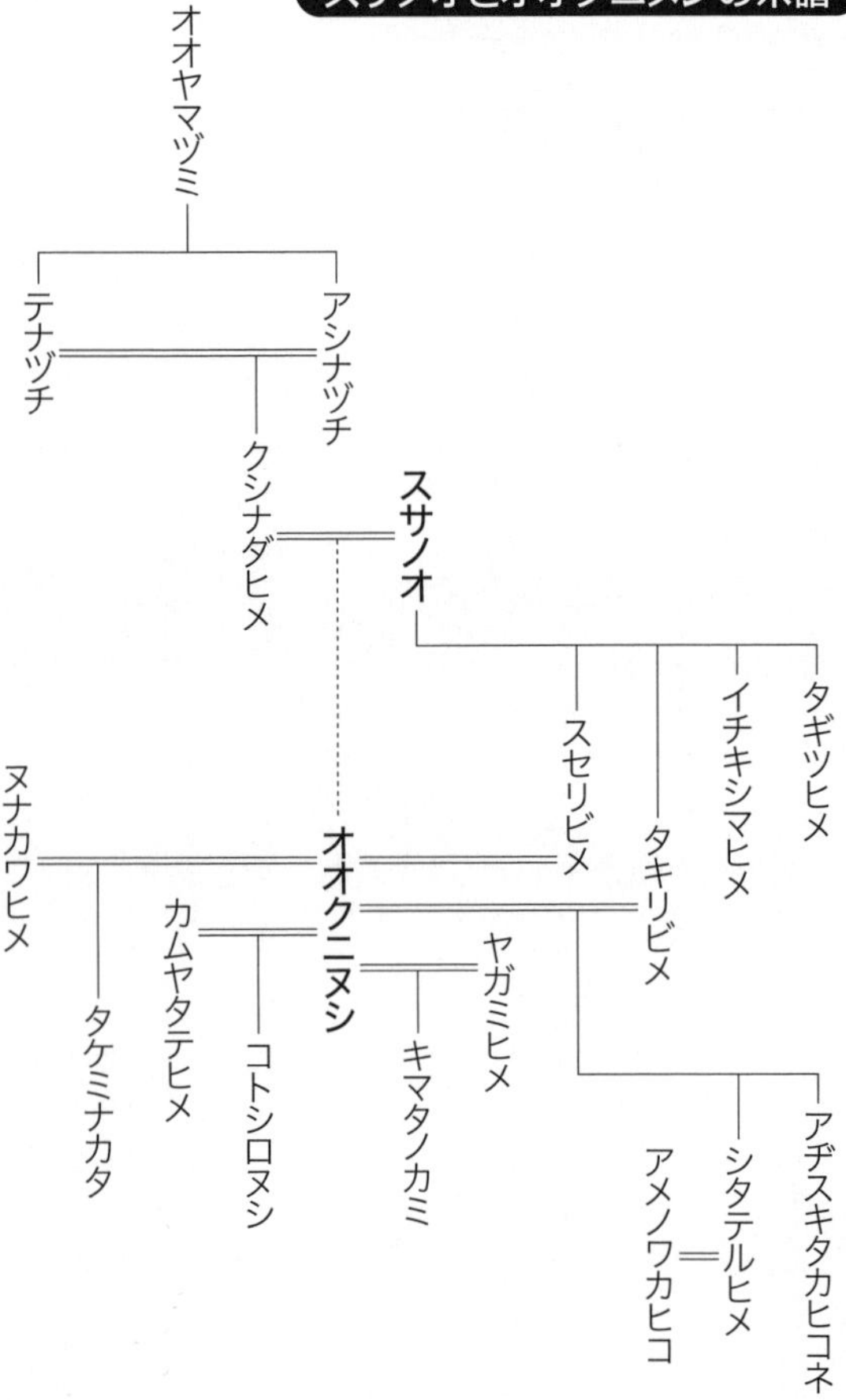

天皇の系譜

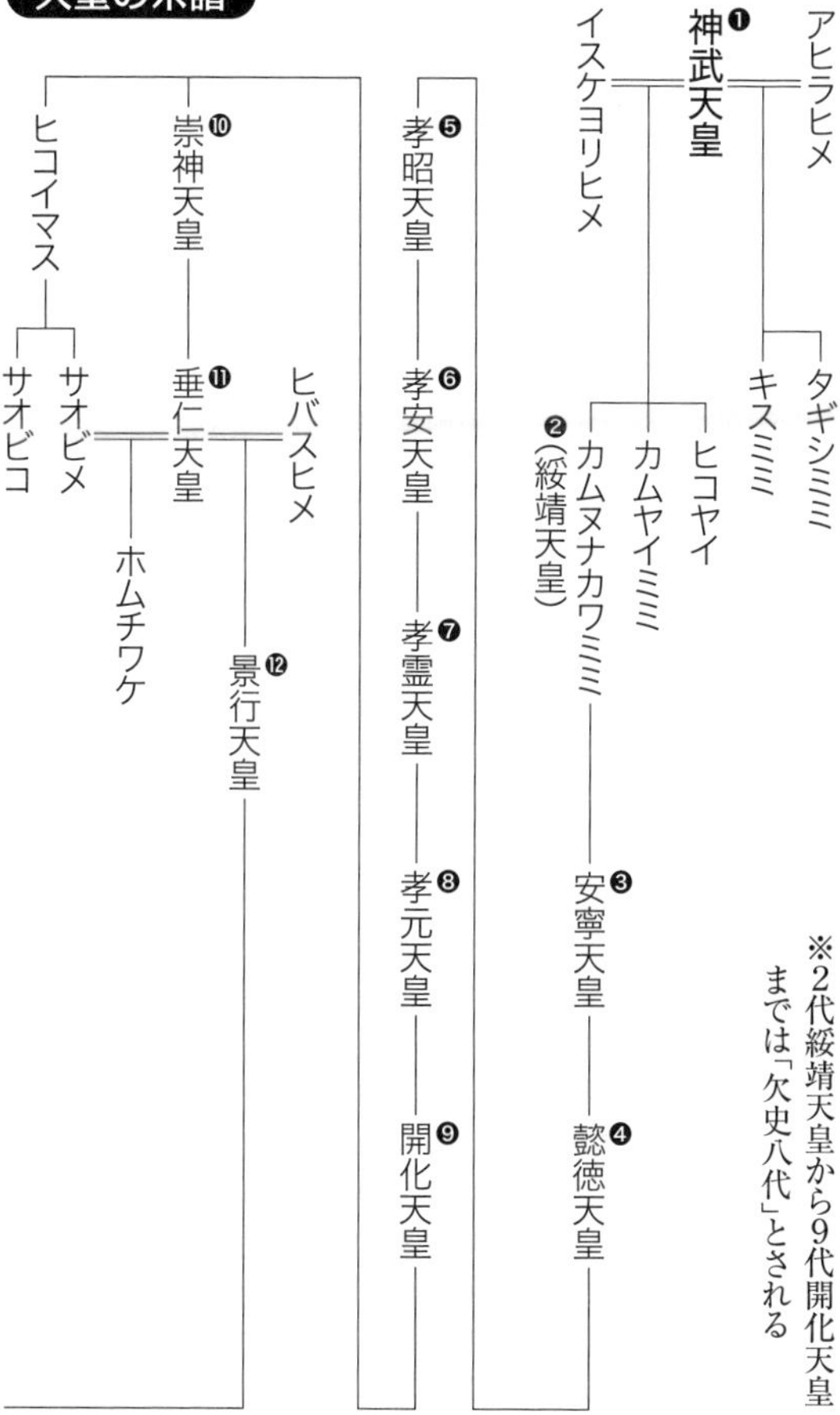
アヒラヒメ
❶神武天皇
イスケヨリヒメ
タギシミミ
キスミミ
ヒコヤイ
カムヤイミミ
カムヌナカワミミ
❷(綏靖天皇)
❸安寧天皇
❹懿徳天皇
❺孝昭天皇
❻孝安天皇
❼孝霊天皇
❽孝元天皇
❾開化天皇
❿崇神天皇
ヒコイマス
⓫垂仁天皇
ヒバスヒメ
サオビメ
サオビコ
ホムチワケ
⓬景行天皇
※2代綏靖天皇から9代開化天皇までは「欠史八代」とされる

◀◀◀

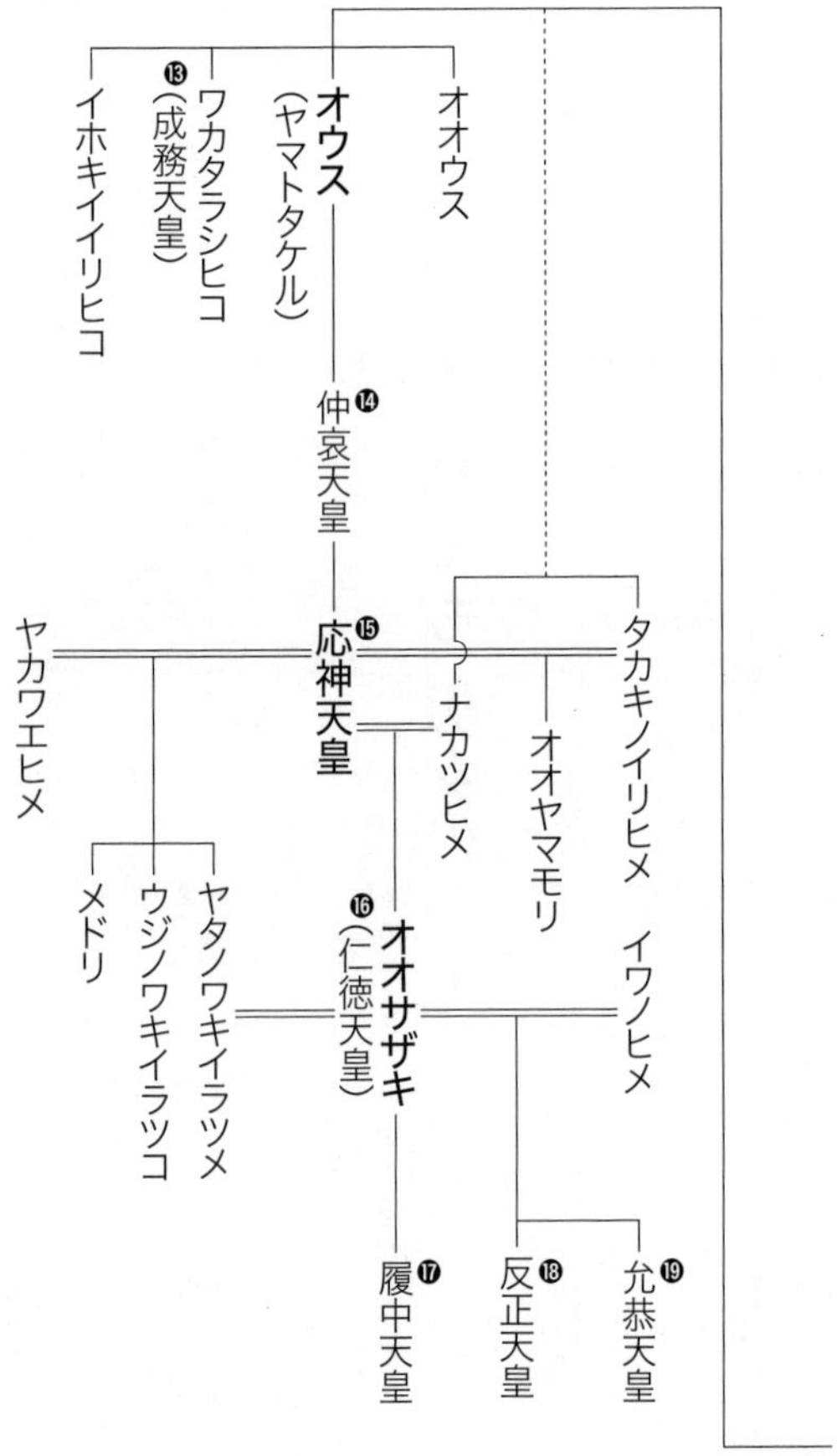

オオウス
オウス（ヤマトタケル）
ワカタラシヒコ
⑬（成務天皇）
イホキイイリヒコ
⑭仲哀天皇
タカキノイリヒメ
オオヤマモリ
ナカツヒメ
⑮応神天皇
ヤカワエヒメ
イワノヒメ
⑯オオサザキ（仁徳天皇）
ヤタノワキイラツメ
ウジノワキイラツコ
メドリ
⑲允恭天皇
⑱反正天皇
⑰履中天皇

◀◀◀

こんなにエロい古事記の神々　もくじ

一章

国土も神々も、男女の〝まぐわい〟で生まれた

◉「日本の創生」から「天の岩屋戸事件」まで

二章

嫉妬で殺されるほどモテたスサノオの子孫神

◉「大蛇退治」から「オオクニヌシの国造り」まで

三章

アマテラスによる「葦原中国」奪回作戦

◉「天孫降臨前夜」から「ニニギの子の誕生」まで

四章

愛とエロスと野望に生きる天皇のご先祖たち

◉「海幸山幸」から「神武の東征」まで

五章

伝説的英雄による征討は「女の力」があってこそ

◉「崇神天皇の夢見」から「ヤマトタケルの死」まで

六章

応神・仁徳天皇は、親子でハーレムづくりに大忙し

◉「16代目の皇位争い」から「仁徳天皇の治世」まで

図版作成●アルファヴィル
カバー&本文イラスト●髙安恭ノ介
協力●柏耕一

一章

国土も神々も、男女の〝まぐわい〟で生まれた

◉「日本の創生」から「天の岩屋戸事件」まで

最初に、男でも女でもない神が現れた

この世界の始まりは何もかもドロドロで、天も地もわからない状態でした。ようやく天と地が分かれたとき、天のさらなる高みにある高天原《たかまのはら》に神様たちが集ってきました。

最初に現れたのは、天上界で天地をつかさどるアメノミナカヌシノカミ（天之御中主神）。次に現れたのは天上界の創造神・タカミムスヒノカミ（高御産巣日神）、そ

の次には地上界の創造神・カミムスヒノカミ（神産巣日神）が現れました。

これら三柱《みはしら》の神々（造化三神《ぞうかさんしん》）は男でも女でもない神であり、姿形を見せることはありませんでした。

こうして世界は始まり、このあともたくさんの神々が生まれてくるのです。世界はドロドロとしてまだしっかりと固まっていません。下界はまだできたばかりで、まるでお椀の上に浮いた油のようで、またクラゲのようにふわふわと漂《ただよ》っているようなありさまでした。

そのうちに泥の中から、芦《あし》（葦）の若芽が萌《も》えるかのようにして生まれ出た神様がウマシアシカビヒコヂノカミ（宇摩志阿斯訶備比古遅神）であり、その次に現れたのが天上界の永遠を守るアメノトコタチノカミ（天之常立神）でした。この二柱の神様たちも男でも女でもなく、やはり間もなく姿を消してしまいます。

ここまでの五柱の神様たちは「別天つ神《ことあま》」という特別な神々で、この世は今でもこれらの目に見えない神様たちによって支えられ動かされています。

次に生まれたのは地の神で、国土の永遠をつかさどるクニノトコタチノカミ（国之常立神）と大自然をつかさどるトヨクモノノカミ（豊雲野神）です。この二柱の神様たちもやはり男でも女でもない独り神であって、姿は見えません。

その後、男女一対の神が、ウヒヂニノカミ（宇比地邇神）とスヒチニノカミ（須比智邇神）をはじめとして四組生まれてきます。最後の五組目に登場するのが、日本人の先祖となるイザナキノミコト（伊邪那岐命）と妻のイザナミノミコト（伊邪那美命）の夫婦の神様でした。

ここまで、クニノトコタチノカミからイザナキ・イザナミまでを合わせて「神代《かみよ》七代《ななよ》」と呼びます。男女一対も一代《ひとよ》と数えるからです。

オトナの古事記解説

いよいよ地球の誕生、生命の誕生、人類の誕生である。

原始地球は四六億六七〇〇万年前に誕生したとされる。最初はドロドロした火の玉で、北も南もなかった。海は四四億年前に誕生したという。高温でドロドロだった地球の表面が二億年かけて冷え、水が存在できるようになった。

生命の誕生は三八億年前、原始の海の中で、濃厚なたんぱく質やアミノ酸でできた「有機物のスープ」から生まれ出た。

『古事記』のこの章では「ドロドロとしてまだしっかりと固まっていない」とか「くらげのようにゆらゆらと漂っている」と書かれている。地球上に生命が誕生するプロセスが、まるで見てきたかのように語られている。

そのうち、生命は自己増殖の能力を獲得するようになった。「芦の若芽が萌えるかのようにして」というのは、葦の芽が一日に一〇センチ以上も伸びるということから旺盛《おうせい》な生命力を表現したものだろう。

もちろん初期の生物は、オスでもメスでもない単性生殖の生物だったはずだ。最初に「男でも女でもない神様」が登場したというのは、そんな生物の発生を思わせる。古代の人たちが、地球の誕生、生命の誕生について巡らせていた思いと、現代の科学でわかってきた事実とが、ほとんど変わらないことに驚く。

さて、この項では「神代七代」の神様が、いきなり一七柱も登場する。しかしその後の物語では、イザナキとイザナミ以外はほとんど出てこない。したがってこの項は、二柱の神様が登場するためのプロローグともいえる。

ちなみに、神様の数え方は「柱《はしら》」。「一人」は「一柱《ひとはしら》」、「二人」は「二柱《ふたはしら》」と数えるが、『古事記』には全部で三二一柱もの神様が登場するという。まさに「八百万《やおよろず》の神」の世界だ。しかし、ほとんどの神様は一、二度名前が出てくるのみで、何をやっているのかはわからない。

キリスト教やイスラム教の世界なら、単独の絶対神がこの世を創造したことになっているが、『古事記』には絶対的な神様はおらず、いろいろな組み合わせがある。このように多様な創造主の神話を持つのは、世界中で日本だけだともいわれている。

さて、男でも女でもない神様は、ウヒヂニとスヒチニからようやく男女ペアになっている。すなわち、単性生殖だった生物の世界にオスとメスができたことを示しているわけだ。そして、地上に降り立ったイザナキとイザナミとが力を合わせ、ようやく日本が誕生する。

「君の成長していないところ」を刺し塞いで…

ある日のこと、最初に立ち現れた五柱の神「別天《ことあま》つ神」がイザナキとイザナミを呼び、「この水に浮かぶ油のように不安定な国を治めて、安定した国を創り出しなさい」と言いつけられたのです。

そこでイザナキとイザナミは、高天原と地上との間にかかる天《あめ》の浮き橋に立ち、天沼矛《あめのぬぼこ》という神聖な矛を下に向けてぐっと刺し下ろし、かき回します。すると、塩がコオロコオロという音を立てました。矛を引き上げるとき、矛先からしたたり落ちた塩水が、積もり積もって島ができました。その島をオノゴロ島（淤能碁呂島《おのごろじま》）といいます。

　こうしてイザナキとイザナミはこの島に降り立ち、神聖な天につながる御柱《みはしら》（天《あめ》の御柱）を中心とした大きな御殿を建てたのです。

　そこで、イザナキはイザナミに尋ねました。

「君の体はどのようにできているんだい」

　イザナミが答えます。

「私の体は成長しているものの、成長していないところが一か所あります」

　えー？　ひょっとして裂け目でもあるというのか。

　するとイザナキが、こう提案します。

「私の体は成長して、成長しすぎたところが一か所あるよ。どうだい、この私の成長しすぎたところを、君の成長していないところに刺して塞《ふさ》ごうと思うけど、どうだろう？」

　男女のまぐわい（性交）を提案するなんて、イザナ

キはどういうつもりかしら？　とイザナミはいぶかしみます。しかし、そうすることで子（国）を生みたいというイザナキの言葉を信じることにしたのです。そこで、

「それでよろしいと思います」

とイザナミが応じますと、イザナキがこう提案しました。

「では、この建てたばかりの神聖な天の御柱を、お互いに左右からぐるりと回り、出会ったところでまぐわいをしようよ」

そんなふうに約束し合って、

「では君は右から回ってくれ。私は左から回ろう」

ということで、柱をぐるりと回って出会うことにしました。

こうして出会ったところで、イザナミが先に「まあ、なんていい男かしら」と声を掛けます。これにイザナキが「おう、可愛い娘だね」と応じたのです。

しかし、イザナキの胸には一抹《いちまつ》の不安がよぎります。

「女性が先に男を誘うのはよくないような気がするな……」

このイザナキの予感が当たったように、しばらくしてイザナミが生んだのは、骨もない蛭《ひる》のような水蛭子《ひるこ》という呪われた子でした。この子は葦の船に入れて、オノゴロ島から流してしまいました。次いで生まれたアワシマ（淡島）も出来損ないの

島だったため、やはり流されてしまいます。二神には、なぜ子がうまく育たないのかという疑問だけが残りました。

オトナの古事記解説

この世の初めに続々登場した神々の最後に出現したイザナキとイザナミは、「別天つ神」という上司の神様たちに命じられて、日本の国土を創り出すために下界に降りることになった。二柱はまず、神々の住む天上界と下界をつなぐ通路である天の浮き橋に立つ。「矛を海に突き刺し」「コオロコオロと音を立てながら海水をかきまぜ」「矛を引き上げると先よりしたたり落ちた」……。

ここには淡路島の海女《あま》たちが、海水を煮詰めながら塩を作る様子が描写されている、という人もいるが、筆者はもっと別のことを連想してしまう。

その後、イザナキとイザナミは人類初めての性交渉を行うのだが、それに先駆けて、矛の先から「したたり落ちたしずく」が積もり積もってできたのがオノゴロ島だというのだから、やはり性的なにおいを感じるのだ。

ただ、世界の神話にはこれと同じように、茫漠《ぼうばく》とした海洋のただ中に、最初ぽつんと島ができたという話がとても多い。

さてオノゴロ島では、正式に結婚したイザナキとイザナミの本格的な子作りが始まる。

「お前の体はどうなっているの？」「私には足りないところが」「私には余ったところがあるので埋め合おう」……。まるで「お医者さんごっこ」でもするかのように楽しそうだ。

柱を回るゲームを始めると、裏側で出会ったところで、イザナミが「あなた今晩どう？」と誘うが、イザナキは「女性のほうから声を掛けるのはよくないかも」といやな予感がしたわけだ。

残念ながら、イザナミが生んだのは水蛭子という出来の悪い子どもだった。驚くことにイザナキとイザナミは、この子をあっさり葦の船で流してしまう。そして、次に生まれた子もうまく育たなかった。

不思議なことに、始祖になった男女二柱の神の子が生み損ないになるというストーリーは、世界各地の神話に見受けられるという。古代社会において、異常出産の割合や乳幼児の死亡率は、現代とは比べ物にならないほど高かったはず。おそらくそのことを物語っているのだろう。

イザナキが「女から男を誘うのはよくないかも」と感じたのは、中国から入ってきた男尊女卑の思想が反映されているのではないかと考えられる。また、出来の悪い子どもが生まれたというのは、イザナキとイザナミはじつは兄妹だったからであり、近親相姦への戒めだという見方もある。「水蛭子」が捨てられたというのは、水田耕作をする農民たちから蛭が嫌われていたからと見る人もいる。

男から誘えば、よい子ができる？

「頑張ったのに、よい子ができないわね」

「別天つ神のところに行って、おうかがいを立てたほうがよさそうだね」

イザナキとイザナミは話し合った末、高天原《たかまのはら》に昇って別天つ神の意向を聞いてみたのでした。すると別天つ神が鹿の骨を焼いて占いをしてくれ、こう告げたのです。

「女が先に誘ったことがよくないのだ。下界へ帰って改めてやり直すように」

二柱は下界に戻ると、前にやったように天の御柱を回ります。そして、イザナキが先に「なんて可愛い娘だ」と言い、そのあとにイザナミが「なんていい男なの」と言ってみました。

こうして二柱が頑張って最初に生んだ子は、淡路島でした。次に生んだ四国には、ここ一つで伊予国《いよのくに》、讃岐国《さぬき》、阿波国《あわ》、土佐国《とさ》という四つの顔があります。次に隠岐《おき》島を生みます。次に筑紫島《つくし》（九州）で、やはり一つで筑紫国、豊国《とよ》、肥国《ひ》、熊曾国《くまそ》の四つの顔を持ちます。次に壱岐島《いき》、対馬《つしま》、佐渡島、そして大倭豊秋津島《おおやまととよあきつ》（本州）を生んだのです。

この八島が最初に生成されたため、日本を大八島国《おおやしま》と呼びます。続いて二柱が生み出したのが吉備児島《きびのこじま》、小豆島《あずきじま》、周防大島《すおう》、姫島、知訶島《ちかのしま》（五島列島）、両児島《ふたごのしま》（男女群島）でした。

オトナの古事記解説

独り神だったはずの別天つ神は、どういうわけか、子どもの作り方に詳しかった。「今度はイザナキから誘うようにしなさい」というアドバイスに従ったら、イザナミは妊娠し、国生みが始まった。

それにしても「男性から誘わなければうまく子どもができない」とは、中国から入ってきた男尊女卑的な考え方が反映されているとしか思えない。三世紀に邪馬台《やまたい》国《こく》を支配していた卑弥呼《ひみこ》は女性だったし、このあとイザナキの体から生み出される最高神アマテラスオオミカミ（天照大御神）も女神だ。古代の日本には、女系国とい

うかし
う側面もあったのではないだろうか。

それはともかく、イザナキとイザナミの夫妻は猛然《もうぜん》とまぐわいながら島と国を量産し始め、あっというまに大八島国を完成させてしまった。日本文化の研究で知られるドナルド・キーン氏は、「神のセックスによって国土が生成されるという神話は、世界に類を見ない」とそのユニークさに感心したそうだ。

とはいえ、イザナキ、イザナミの国造りには、今日の近畿地方より東の地方の地名は出てこない。日本が「大八島国」と呼ばれるようになったのは7世紀以降のことといわれ、当時の大和朝廷の勢力範囲がその名に示されているようだ。

イザナミ、大事なところを大やけどする

国を生み終わったイザナキとイザナミは、今度は神様を生んでいきます。海の神、水戸《みなと》（港）の神、河の神、風の神、木の神、山の神、野の神……。

ところが、ヒノカグツチノカミ（火之迦具土神）という火の神を生んだとき、たいへんなことが起こります。この出産で、イザナミは「ほと（女陰）」にやけどを負ってしまったのです。

イザナミは寝込んで、たれ流し状態になってしまいました。すると、その吐瀉物《としやぶつ》、便、尿からも神様が生まれました。ここまでイザナキ、イザナミの二神が生んだ島は一四島、神は三五柱になります。

イザナミの容体は、いっこうに回復しません。どんどん衰弱して、ついにはイザナキに看取られながら息を引き取ったのです。

オトナの古事記解説

イザナミは女陰にやけどを負い、病気になってしまう。男性が考えても、あの微妙な部分が焼けるというのは、どれほど痛いか、苦しいかは想像がつく。

『古事記』の原文では、このイザナミの性器は「み秀処」と書かれている。「秀処」は「最も素晴らしいところ」の意味であり、読みは「ほと」だ。そして「ほと」は、知る人ぞ知る女性器の呼び名でもあるわけだ。「秀」は、こんもりと高くなっているところというのが元の意味らしい。

『古事記』には、このあとの物語でも、女神が女陰にケガをして命を失うという話が出てくる。いったいなぜ、性器が痛めつけられるシーンがたびたび登場するのだろうか。

アフリカや中東などの一部では、女性器切除とか女性器割礼《かつれい》という風習がある。少女のクリトリスや小陰唇《しょういんしん》を切除したり、大陰唇を縫い合わせたりするらしい。その中で少女が死亡する事故もしょっちゅう起こるようだ。

なぜこんなひどいことをするのかというと、「大人になるための儀式」とはいうものの「女性が性の歓びを感じるのは、貞節が乱れるもとでけしからん」という考え方が背景にあるかららしい。古代の日本に、これと同じような風習があったとは思えないが、もしかすると「女性が感じるのはけしからん」という考えは、昔の日本にもあったのかもしれない。

愛妻を奪った者はわが子でも許さん！

妻イザナミを失ったイザナキは、「愛しい妻の命を、たった一人の子どもと引き替えにしなければならないとは！」と嘆きます。

そして、イザナミの亡骸《なきがら》が横たわる枕元に腹ばいになったかと思うと、次には足元に腹ばいになったりして大声で泣き続けるというありさまです。そのとき流れた涙から、ナキサワメという神様が生まれました。

その後、イザナミの遺体は、山陰地方にある出雲国と伯伎国《ははき》（鳥取県中部から西部）との境にある比婆《ひば》の山に葬《ほうむ》られたのです。

しかし、イザナキの悲しみは、いつしか愛妻を死に追いやった息子ヒノカグツチへの激しい怒りに変わっていました。イザナキはやにわに腰の十拳剣《とつかのつるぎ》を抜くや、ヒノカグツチの首を斬《き》って殺してしまったのです。

そのとき、十拳剣の先についた血が周囲の岩に飛び散り、そこからミカハヤヒ、ヒハヤヒ、タケミカヅチノオノカミ（建御雷之男神）と次々に神様が生まれました。次に剣の刀の柄《え》に集まった血が手指の股から漏れ出て、クラオカミとクラミツハという二柱の神様が生まれました。

殺されたヒノカグツチの体からも神々が生まれます。ヒノカグツチを斬り殺した剣からも神様が生まれています。

今でもそうだが、昔のお産はさらに命がけだったに違いない。生んだ子は無事だったが、母親は死亡するという例も多かったことだろう。イザナミはわが子のために自らを犠牲にする偉大な母のシンボルかもしれない。

イザナキが子のヒノカグツチを斬ったとき、体のさまざまな部位から複数の神様が生まれたというのは、雷が落ちてまわりの樹木などに火がついた様子を表しているとも考えられているらしい。

また、イザナミの陰部から火の神が噴き出すというのは、火山の噴火をイメージさせる。噴火で山のあちこちからマグマが噴き出すのを「割れ目噴火」と呼んだりするからだ。

一方、父親は自分の子どもが生まれるとき、「お腹を痛める」ということはない。イザナキは子どもが生まれた喜びよりも、国生み・神生みの不可欠のパートナーだったイザナミを失った悲しみで泣き続けることになった。

日本人には「男は人前で泣くものではない」と考える人がいるが、これは戦国時代や軍国時代に生まれた考え方だろう。古代の日本人の男はうれしいにつけ、悲しいにつけ、人前でワアワア泣くことが珍しくなかったそうだ。

イザナキは、逆上して我が子ヒノカグツチの首をはねるが、現代人にも、子どもが生まれると妻はそちらにかかりっきりになってしまい、かまってもらえなくなった父親が子どもを虐待する例がある。イザナキのヒノカグツチへの感情はそれだったのかもしれない。

妻に会いたくて黄泉の国へ

イザナミをどうしても忘れられないイザナキは、イザナミのあとを追って黄泉《よみ》の国（夜見之国）へ行きました。何としてもイザナミを生き返らせて、この世に連れ戻したかったのです。

イザナキは、御殿の閉ざされた戸の向こうにいるイザナミに呼びかけます。

「愛しい妻よ、まだお前と私の国造りは終わっていない。帰ってやり直そう」

これを聞いてイザナミは、

「残念ながら、私はもう黄泉の国の不浄な火と水で炊いた食べ物を食べてしまいました。もうちょっと早く迎えに来てくだされば、食べずにすんだのに」

と答えて嘆《なげ》くのでした。

「でも愛するあなたが、迎えにきてくれたのはうれしいわ。やっぱり私も帰りたいな。黄泉の国の神様と相談しますので、あなたはけっしてのぞいたりしないでね」

こう言ってイザナミは、その御殿の奥へ入っていきます。

ところが、イザナミはそれっきり、長い時間がすぎても帰ってきません。イザナキは待ち切れなくなって、自分の束ねた髪の左側に突き刺した櫛《くし》の大きな歯をへし折り、それに火を灯して暗い御殿の中に足を踏み出します。

するとそこには、無数のうじがたかって、コロコロと音を立てているイザナミの体が横たわっていました。

その頭にはオオイカヅチという悪魔のような神様がいて、胸や腹、陰部などから合わせて八柱もの雷神《いかずちのかみ》が湧き出して蠢《うごめ》いているのです。

「ゲゲゲーッ！」

イザナキは驚きと恐怖のあまり後ずさりしてしまいます。イザナミに背を向けるや、思わず出口に向かって逃げ出しました。するとイザナミは、「見るなと言ったのによくものぞいたわね。私の恥ずかしい姿を見るなんて。キーッ！」と逆上し、手下のヨモツシコメ（黄泉醜女）という強力《ごうりき》の女たちに追わせたのでした。

「ひゃーっ、こりゃたまらん」

逃げながらイザナキは、頭に巻いていた蔓《かずら》を取って投げ捨てます。するとたちまち山ブドウの実がなりました。女たちがそれに食いついている間にイザナキは逃げるのですが、山ブドウはたちまち食いつくされ、女たちはまた追って来ます。

今度は右の頭に刺していた竹櫛《たけぐし》を取って投げつけました。竹櫛は地面に落ちるとコロコロと転がり、それがタケノコに変わります。女たちがタケノコを抜いて食べている間に、またイザナキは一目散に逃げました。

しかしイザナミは諦めず、八柱の雷神と一五〇〇の黄泉軍に後を追わせます。イザナキは十拳剣を抜き、それを後ろ手に振りながら必死で逃げて、ようやく黄泉国とこの世の境にある「黄泉比良坂《よもつひらさか》」にたどり着いたのです。

そこに生えていた一本の桃の木から実を三つ取って投げると、黄泉の軍勢たちはことごとく逃げ帰っていきました。

ところが、助っ人たちがいなくなってしまったのに、イザナミはまだイザナキを追って来ていたのです。そこでイザナキは「千引《ちび》きの石《いわ》」という動かすのに一〇〇〇人もの人が必要な巨石でもって、黄泉比良坂を塞いでしまいました。

その大石を挟んで向かい合ったイザナミとイザナキは、言葉を交わします。まず、イザナミが叫びます。

「愛しいだんな様。こんなことをするのなら、あなたの国の人たちを毎日一〇〇〇人絞め殺してしまいますよ」

「愛しい妻よ。お前がそんなことをするなら、私は毎日一五〇〇人の子どもが産屋《うぶや》を作って産まれるようにしよう」

これ以降、葦原中国《あしはらのなかつくに》（中つ国。この世）では一日に必ず一〇〇〇人が死に、一日に必ず一五〇〇人が生まれるようになります。人の生死により、人口は毎日五〇〇人ずつ増えていくことになったのでした。

また、黄泉の国に残したイザナミをヨモツオオカミ（黄泉津大神）と呼び、黄泉の坂をふさいだ巨石をチカエシノオオカミ（道返之大神）と呼び、ここに「生と死の境」が生まれました。

オトナの古事記解説

これまで『古事記』に登場した世界は、神様の住む「高天原」と地上にある「中つ国」だけだったが、ここで初めて死者が住む「黄泉」が出てきた。神様なら不死のはずだが、イザナミは地上に降りて神から人になったために、黄泉へ行くはめになったらしい。以後『古事記』では、「高天原」「中つ国」「黄泉」の三層構造になった世界が語られる。

イザナキが黄泉の国へ入り込んだシーンは、昔の人が古墳の中をのぞきに行った様子を示しているらしい。まだ火葬もない時代、位の高い人の遺体はそのまま古墳の中に安置されて、遺族が定期的に遺体の様子を見に行くという風習があった。

のぞきに行くたびに死体は腐乱し、ウジがたかって恐ろしい姿になっている。だから遺族は死者に「二度と戻ってほしくない」という思いを抱いただろう。遺体に食物をお供えするという習慣は、死者が生き返って悪さをすることがないようにするために生まれたようだ。逆に、それを食べることによって死の世界に入り込むわけで、二度と生の世界に戻れないということになる。

一方、亡くなっていく人は、無残な自分の死体を「見られたくない」と思ったのではないだろうか。だからイザナミの「けっしてのぞかないで」という言葉になる。それにしても、死体の女陰にまで恐ろしい神様がぶら下がっていたとは、なんという情景だろう。

「けっして見てはならない」というのは、「鶴の恩返し」の童話などにもあるように、世界中の昔話に見られる。そして、そう言われると見たくなってしまう心理も万国共通だ。このことにより、イザナキとイザナミの仲はいよいよ取り返しのつかないものになってしまう。

顔を洗ったら、貴い三柱の神が出現

黄泉の国から生還したイザナキは、心を新たにします。

「私は何というけがれた世界に行っていたものだろう。このけがれを消し去るために、身体を清める禊《みそ》ぎをしよう」

こうしてイザナキは身を清めるために、筑紫国《つくしのくに》の日向《ひむか》（宮崎県宮崎市）にやってきて、禊ぎのお祓《はら》いを始めます。身につけていたものを脱ぎ捨てていくと、次々と神様が誕生していきました。

最初に杖を投げ捨てるとツキタツフナトが、帯を投げ捨てるとミチノナガチハという神が……という具合に合計一二神が現れたのです。

そして裸になったイザナキは、今度は水の中に入って体を洗い清めていきます。

「上流は流れが強すぎるし、下流は弱すぎるなあ」

と言いながら中流の瀬へと入り、体を洗ううち、黄泉の国で付いた垢《あか》からヤソマガツヒ、オホマガツヒという二柱の禍《わざわい》の神が生まれて流れ去っていきました。

続いて、その禍を打ち消すカムナオビ、オオナオビ、イヅノメという三柱の神が生まれ、これら禍の神を追いかけていきました。

イザナキは、こうして黄泉の国のけがれを払う禊ぎを済ませると、最後に顔を洗いました。

左の目を洗ったときに太陽の神であるアマテラスオオミカミ（天照大御神）が、右の目を洗ったときに月の神であるツキヨミノミコト（月読命）が、鼻を洗ったときに嵐の神であるタケハヤスサノオノミコト（建速須佐之男命）が生まれました。この三柱は、今までに生んできたどの神々よりも光り輝き、生命力にあふれていました。

このとき、イザナキは喜びを隠さず、こう口にしたのです。

「私は神々を生みに生んで、最後に最も貴い三柱の子を得ることができたぞ」

そう言うと、玉でできた首飾りを首から取りはずし、ユラユラと揺らしながらそれをアマテラスに授けて、

「そなたは、昼の世界の高天原を治めなさい」

と国を任せる宣言をしたのでした。この首飾りの玉の名を「ミクラタナノカミ」といいます。次にイザナキはツキヨミに、何も見えない夜の世界を治めるようにいいます。そして最後にスサノオには、

「あなたは、海原《うなばら》（海の国）を治めなさい」

と命じたのでした。アマテラスとツキヨミは満足そうですが、スサノオは「なんだかなあ」という顔をしています。

オトナの古事記解説

黄泉から帰ったイザナキは禊ぎをするために、今の宮崎県に行く。禊ぎは、海や川などに入り、水の霊力によって体に付いたけがれを払うという風習だ。禊ぎ＝「水注ぎ」が語源ではないかとも考えられている。

本来男性神であるイザナキは、この禊ぎによって無性生殖能力を備えるようになったのか、次々に神生みを始める。多くの神を生み出したが、ハイライトは最後の

「三貴神《さんきしん》」と呼ばれるアマテラス、ツキヨミ、スサノオの誕生だ。

この三柱のうちアマテラスやスサノオは、これからあとの物語でもどんどん登場するが、そうではないのがツキヨミだ。このあと一切出番がない。ツキヨミに限らず、日本神話では三きょうだいの中のどれか一人(多くは真ん中)が、名前のみの登場でまったく活躍しないというパターンが多い。

心理学者の河合隼雄《かわいはやお》は、これは「中空均衡型《きんこう》」という日本社会の特徴を示しているといっている。「えっ、何それ?」と思うかもしれないが、そんなに難しい話ではない。日本社会の本質は「中心はカラッポ」だけど、まわりの者は争ったり排除したりせず、お互いにバランスを取り合って共存しているということだ。

これに対して西洋社会は、中心に断固としたものが存在していて、それがまわりを支配するスタイルが多いというふうに河合は見ていたらしい。これを「中心統合型」と呼んでいる。

三貴神の関係から日本社会の本質がわかるなんて驚きだが、『古事記』の話がそんなに立派な「理屈」に基づいて作られているとも思えない。むしろ理屈などなく、ツギハギだらけなのではないだろうか。

実際、もともとの話では、アマテラスとスサノオは二神だけのきょうだいだったのではないかという人もいる。中国から「三」「五」「七」という奇数が縁起がよいという考え方が入ってきたため、むりやりツキヨミを加えて三人きょうだいにしたのではないかという説である。こうなるとツキヨミの影が薄いのも当たり前だ。

マザコン息子のスサノオ、アマテラスを脅かす

イザナキの命に従って、三きょうだいはこの世界を治めることになりました。

ところが、その中でスサノオだけは命じられた仕事をせずに、あごひげが胸元に垂れるほど成長してからも泣きわめくばかりです。その凄《すさ》まじさは、青い山々の木々が枯れ、海や川の水をもすべて涸《か》れるほど。妖怪が騒ぎ、蝿《はえ》が群がって押し寄せ、この世のすべての災いが湧き起こっていました。

とうとう業《ごう》を煮やしたイザナキは、スサノオにこう聞きました。

「なぜ、お前は国を治める仕事を放り出して、いつまでも泣きわめいているのだ?」

するとスサノオは泣きながら答えます。

「僕は、母さんの住んでいる根《ね》の国に行きたくてたまらずに泣いているんだ」

ついにイザナキは怒りを爆発させます。

「たわけ者！　お前はこの国に住んではならんぞ！」

スサノオは、このマザコン息子を中つ国から追放することを宣告したのです。

不肖《ふしょう》の息子にがっくりと気落ちしたイザナキは、こののち淡海《おうみ》の多賀《たが》（淡路島と考えられている）に去っていきました。

父から追放されたスサノオは「母さんのところへ行く前に、アマテラス姉さんに別れの挨拶をしておこう」と考えて、高天原へと昇っていきます。

ところがこのとき、スサノオがあまりに勢いよく天に昇っていったために、山川と大地がぐらぐらと激しく揺れ動くほどでした。

大きな音を聞いたアマテラスは「なんだ、これは！」と身体を震わせます。

「弟が昇ってくるのは、きっと良くないことを考えているんだ。私の国を奪おうとしているに違いない」

アマテラスはすぐに戦闘態勢に入ります。まず、長い髪をまとめて男のするような角髪《みずら》に結い、その左右の角髪、髪飾り、左右の手に五〇〇もの美しい勾玉《まがたま》が付いた御統《みすまる》（多くの玉を一本の糸に貫いて環状にしたもの）を巻いたのです。

そして背中には一〇〇〇本の矢が入る筒をかついだかと思うと、わき腹には五〇〇本の矢が入る筒を携えます。さらにひじには、右手で弓を射ると弦《つる》が左手に当たってパチンッと高い音の出る鞆《とも》という道具を付けたのです。

こうして弓を構えて、腿《もも》まで沈むほど地面をググっと踏み込めば、土煙が淡雪のように舞い上がりました。このように男顔負けの勇ましい姿で待っていると、スサノオがやってきます。

「こらーっ！　お前は何をしにここへ来たのだ？　答えよ！」

アマテラスは大声で問いかけます。すると、スサノオはこう弁解しました。

「僕は何も邪《よこしま》な考えは持っていません。ただ父上が、僕が母上の住む根の国に行きたいと泣きわめいているのを見て、『中つ国にいてはならない』とおっしゃったものですから、姉さんに出発の挨拶をしようと思って来ただけです」

オトナの古事記解説

スサノオは父親のイザナキの身体から生まれた神なので、母親は知らないはず。それなのに、イザナミを母と思い込んで「会いたい」と言い出す。

イザナキ自身がイザナミに会いに行ったとき、これ以上ないほど怖い目にあって、ほうほうのていで帰ってきたわけだが、そんなことを息子に話すわけにもいかない。だから「この馬鹿め」と怒鳴りつけるしかなかったのだろう。そんなわけで、スサノオは神の世界から追い出されることになる。

ところで、イザナキが行ってきた亡き妻がいる場所は「黄泉の国」だったが、スサノオは母のいる「根の国」に行きたいと言い出す。まあ、どちらも死者のいる国で意味は同じだが、この二神の間で呼び方が違うのも、『古事記』があちらこちらの話をツギハギにしてできているから生じてしまったことではないかといわれる。

そして「母さんに会いたいよお」と大泣きしていたスサノオは、父イザナキが退去勧告を出して姿を消すと、途端に元気になる。「姉ちゃんに別れの挨拶をしよう」と高天原に駆け上るときの、パワー全開ぶりがすごい。

スサノオという名には「すさぶ（荒ぶ）男」の意味があるそうで、とんでもない暴れん坊キャラクターとして設定されている。このあとスサノオは、他の神様からも「高天原退去勧告」を受けることになるのだ。

天の川を挟んで、いざ子づくり勝負

「僕は何もおかしな考えを持っていませんよ」と主張するスサノオでしたが、アマテラスは気を許しません。

「なら、お前の心に嘘偽りがないことを証明してみなさい」

と言うと、スサノオはちょっと考え込んでしまいました。そして、

「それなら、お互いに『誓約《うけい》』をして子どもを生み、神様にどちらが正しいか判定してもらうというのはどうでしょうか？」

と言い、さらに「それぞれ別々に子を生んで、その結果で勝ちか負けかを判断しましょう」と提案したのです。

そこで二神は、美しい星が集まっている「天《あめ》の安《やす》の河《かわ》（天《あま》の川《がわ》）」の両岸に分かれて立ちました。まわりでは高天原の神々が「どうなることか？」と、心配顔で見守っています。

先にアマテラスが、スサノオの十拳剣《とつかのつるぎ》をもらい受け、三つにへし折り、玉飾りの玉を揺らして音を立てながら「天《あめ》の真名井《まない》」の聖なる水ですすぎました。そして、その剣を歯でガリガリと嚙《か》み砕き、プーッと吐き出すと息吹が霧のように広がり、その中から三柱の海を守る姫神が生まれたのです。

長女は、タキリビメノミコト（多紀理毘売命）。

次女は、イチキシマヒメノミコト（市寸島比売命）。

三女は、タギツヒメノミコト（多岐津比売命）。

次にスサノオが、アマテラスの左足につけていた五種の玉飾りをもらい受け、玉を揺らしながら天の真名井ですすぎ、バリバリと噛み砕き、プーッと霧のように吐き出すと、五柱の男神が生まれました。

左の髪に巻いた玉飾りから生まれた長男は、アメノオシホミミノミコト（天忍穂耳命）。

右の髪に巻いた玉飾りから生まれた次男は、アメノホヒノミコト（天之菩卑能命）。

額に巻いた玉飾りから生まれた三男は、アマツヒコネノミコト（天津日子根命）。

左の腕に巻いた玉から生まれた四男は、イクツヒコネノミコト（活津日子根命）。

右の腕に巻いた玉から生まれた五男は、クマノクスビノミコト（熊野久須毘命）。

この結果から、アマテラスは自分が勝ったと確信、「五柱の男神は、私の玉から生まれたので私の子です。

三柱の姫神は、剣から生まれたからお前の子です」と結果報告をします。
ところが、スサノオはその言葉を聞くなり、飛び上がって喜びました。
「いいえ、勝ったのは僕のほうですよ」

オトナの古事記解説

「誓約」というのは、古来日本に伝わる占い。あらかじめ、ある物事を神様に約束しておいて、その約束どおりの結果が現れるかどうかで、神様がどう思っていたのかを占うものだ。

アマテラスとスサノオは、それぞれ「私の心は清らかなので男の子を生んでみせる」「僕は心優しい女の子を生んでみせる」というふうに、神様に約束し合ったということなのだろう。そして、その約束どおりの結果を出したほうが「正しい」ということになるのだ。

アマテラスは男の子を生み出した結果、「自分が正しい」と思ったし、スサノオは女の子を生み出して「自分が正しい」と思った。

だが、そもそもアマテラスがスサノオを「あやしい」と思って、「無実を証明しろ」と言って始まった誓約だった。だから競争にしなくても、スサノオだけが誓約を行えばよいのに、なぜかアマテラスまで土俵に上がらされることになった。どこかおかしい。

誓約の仕方も、自分の持ち物で行えばいいのに、わざわざ相手の持ち物を使って行なっているので、さらにおかしい。

アマテラスの長男アメノオシホミミの正式な名前は、マサカツアカツカチハヤヒアマノオシホミミノミコト（正勝吾勝勝速日天之忍穂耳命）という。「まさに勝った。私は勝った、早々と勝った」という意味だ。それほどアマテラスは自らの勝利を確信していたのに、スサノオは異議を唱える。

スサノオによる女性器傷害致死事件が発生

誓約の結果、アマテラスもスサノオも「自分の勝ちだ」と思い込むことになりました。それは、前もって二神の間で「男の子を生んだほうが勝ちだ」とか、「女の子を生んだほうが勝ちだ」という取り決めをしていなかったからです。そこでスサノオは主張しました。

「僕の心は清らかで嘘がないからこそ、可愛い女の子をつくることができたんだ。

これで僕の勝ちがはっきりした」

と勝ち名乗りを上げたのでした。

アマテラスに勝ったとして図に乗ったスサノオは、アマテラスが持っている田んぼの畦《あぜ》を壊し、溝を埋め、収穫祭のための祭壇に大便をまき散らすなどはめを外します。けれどもアマテラスは、それをとがめることもなくこう言います。

「大便のように見えるけれど、あれは祭りの酒に酔っぱらって散らした吐瀉物《としゃぶつ》でしょう。田の畦を壊して溝を埋めたのは、私の田んぼをもっと広げようとしてくれたのでしょう」

弟をかばおうとするアマテラスの態度に、図に乗ったスサノオのいたずらは輪をかけてひどくなり、とうとう事件が起こります。

アマテラスが機織《はたお》り小屋で神の衣装を織らせていたときのこと。スサノオはその小屋の屋根に穴を空けて、そこから生きたまま皮を剝《は》いだまだら模様の馬の皮を、中に投げ込んだのです。

機織りをしていた女神はそれを見て驚き、「きゃーっ」と悲鳴をあげて機械から転げ落ちました。そして、そのはずみで機織り用の梭《ひ》という道具で女陰を突き刺してしまい、そのまま死んでしまったのです。

この悲劇を目《ま》の当たりにしたアマテラスは、とうとう堪忍袋《かんにんぶくろ》の緒《お》が切れてしまい、「天《あま》の岩屋戸」を開くとそのまま中に隠れて戸を閉ざしてしまったのでした。

オトナの古事記解説

母イザナミを失っているアマテラスとスサノオは、姉弟でありながら母子のような関係にあるようだ。弟スサノオがどんなにいたずらをしようが、姉のアマテラスはとがめようとせずに温かい目で見守ろうとし、他の神様には見られない優しさを貫いている。誓約の結果にしても、アマテラスは自分の勝ちを確信していたのに、弟の言いなりになって勝ちを譲ってしまったようだ。

一方、スサノオが暴れ始めたのは、誓約に負けた腹いせではないかという考え方もある。すでに正体をあらわにしたように、スサノオは生まれつきのマザコン男。亡き母に代わる姉の優しさにとことん甘えてしまっている。

ところが、スサノオのいたずらが機織り女神の死に結びつくと、さすがにアマテラスはキレてしまうのだった。とりわけ女陰《ほと》を刺して死ぬというひどい事故を目の当たりにしたのだから、女性としては「許せない」という思いだっただろう。

このエピソードは、婦女暴行を描いたものだろうと考えられている。『古事記』にまとめられる前に伝えられていた話では、スサノオが狙ったのはアマテラスであり、ここでアマテラスは死んでしまったのではないかと考える人もいる。

だが、それでは日本の神話が成り立たなくなってしまうので、巻き添えで機織り女神が死んだことにしたというわけだ。また、アマテラスはここで女性器に深手を負ったために、その後は子どもをつくることはなかったのだと主張する人もいる。

それにしても、このくだりでまたまた「ほと」という言葉が出てくる。しかもイザナミに続いてここでも「ほと死」が起こったのだ。

日本各地に「ほと」を祀《まつ》る神社が残るが、これは「ほと」が「命を生み出す尊いもの」という考え方によるものだろう。その大切な「ほと」が傷つけられたことは、神聖で冒すべからざるものをスサノオが破壊したということなのかもしれない。

天の岩屋戸前で公開ストリップショー！

「太陽の神」アマテラスが天の岩屋戸の中に隠れてしまったのですから、これは一大事です。神々の住む高天原も下界の葦原中国《あしはらのなかつくに》もことごとく真っ暗闇になり、ずっと夜の状態が続きました。そのため、これ以上ない禍《わざわい》が起こり広がっていました。

困り果てた八百万の神々は「天の安の河の河原」という集会場に集まって、対応策を話し合うことになりました。そして高天原でいちばん知恵が働くオモイカネノカミ（思金神）という神様に、どうすればよいかを考えさせたのです。

オモイカネは、いろいろな神に指令を出しながら準備を始めました。

まず、太陽の使いの長鳴鳥《ながなきとり》を集めていっせいに「コケコッコー」と鳴かせます。これによってアマテラスに「朝だよ」と知らせるわけです。

また、天の安の河の上流から堅い石を取ってくろがねを造り、鍛冶《かじ》職人に鉄を打たせ、鏡職人には大きな鏡を作らせ、次に玉飾り職人に命じて八尺の勾玉の御統《みすまる》という玉飾りを作らせました。

さらにはアメノコヤネノミコト（天児屋命）とフトダマノミコト（布刀玉命）という祭り担当の神様に、天の香具山《かぐやま》に棲む大きな男鹿の肩骨をハハカの火で焼いて占いをさせました。そして、天の香具山に生えている大きなマサカキを根付きのままに引き抜いてきて、その上の枝には御統の玉、中の枝には鏡を取り付けます。さらに、下の垂れた枝には白幣《しろぬさ》、青幣の飾りを垂らし、そのマサカキを手に捧げ持って、アマテラスが出てくることを祈願する祝詞《のりと》を唱えさせました。

一方、力持ちのアメノタヂカラオノカミ（天手力男神）を岩屋戸の脇に隠れさせます。そこへ登場したのはアメノウズメノミコト（天宇受賣命）という女神でした。アメノウズメは天の香久山のヒカゲのつる草をたすきにかけ、マサキのつる草を髪飾りにして頭に巻き、魔よけの笹の葉を手に持ちました。

さらにアメノウズメは、岩屋戸の前に桶《おけ》を伏せて置くとその上に立ち、足踏みして音を響かせながら、だんだん恍惚《こうこつ》状態になっていきます。胸をはだけさせると見事な乳房を左右上下にプルンプルンと揺り動かし、帯を解いたところに裾がめくれて女陰が見え隠れします。

すると、ほのかな庭火に浮かぶアメノウズメの踊りに見入っていた八百万の神々は「いいぞ、いいぞ」「もっと見せろーっ」と、大喜びです。闇におおわれた高天原はどよめくような大声に包まれ、神々は皆、アメノウズメの踊りに酔いしれていました。

このとき、外の騒ぎを聞きつけたアマテラスは「何事か」と岩屋の戸を細く開けて、内から声を掛けます。

「私が立てこもっているので、高天原も葦原中国も真っ暗でみなさぞ嘆いているだろうと思っていたのに、外ではアメノウズメが踊っているし、神々は歓びの声をあげている。いったいどうなっているの？」

するとアメノウズメが答えました。

「あなた様よりも貴い神がおられるので、喜んで皆で遊んでいるのです」

「えっ、私より貴いって、どういうこと？」

こうアマテラスがうろたえた隙に、アメノコヤネとフトダマの二神が、サカキの枝に取り掛けて捧げ持っていた鏡をすっと差し出します。そこには、アマテラスの姿が映し出されていました。アマテラスは、鏡に映った自分の姿を「これは誰？あやしい人」と思って、少しずつ岩屋戸のうちから体を乗り出していきました。

すかさず、岩屋戸の脇に隠れていたアメノタヂカラオが、アマテラスの手をさっと握って外に引き出します。と思う間もなく、フトダマがアマテラスの後ろに注連《しめ》縄《なわ》を張り渡してこう言いました。

「もう岩屋戸の中にはお戻りになれませんよ」

こうしてアマテラスが岩屋戸の外に出たとたん、高天原も葦原中国もパーッと明るい日の光に包まれ、照り輝いたのでした。

八百万の神はスサノオの処分について議論しました。そして、スサノオには「千座《ちくら》の置戸《おきど》」にたくさんの償《つぐな》いの品を出させ、ひげと手足の爪を切ってお祓《はら》いをさせた上で、神の世から追い払うことを決めたのでした。「千座の置戸」とは多くの台に罪やけがれを祓う品物で、いうならば罰金でした。

オトナの古事記解説

アマテラスが天の岩屋戸へ引きこもったことで起きた暗闇の情景については、昔から「日食の表現ではないか」とか、「冬至《とうじ》」のことではないかという説が示されてきた。このような天変地異が起こると、どこの民族も太陽を元気づけるための儀式を行ったことだろう。

また、神々が対策をあれこれ考えるほど暗闇の時間が長いことから、火山噴火に伴う噴煙・火山灰により空が覆われた様子ではないか、と考えた人もいる。

この項の出色は、アメノウズメという女神が暗闇対策として、ストリップショーを考え出したことだ。アメノウズメは、胸乳も「ほと」も露わに踊り狂う。

ストリップの大騒ぎで「何事だ？」と、岩屋戸に隙間を作ったアマテラスは、その手をグイッと引っ張られて外へ出ることになった。これで天上も地上も日の光を取り戻すことができ、作戦はみごと大成功。めでたし、めでたしというわけだ。

なお、お手柄のアメノウズメは、この件ですっかり有名になり、今も「芸能の神」「神楽《かぐら》の元祖」として崇《あが》められている。

穴という穴から食べ物を出す女神

高天原を去る前に、スサノオはお腹が空いたので、オオゲツヒメ（大宜都比売）という女神に「何か食べさせてよ」と頼みました。じつはこの女神は、鼻、口、お尻など体中の穴という穴から、いろいろな食材を取り出して料理するというワザを持っていたのでした。

ところが、女神の料理場をこっそりのぞいたスサノオはびっくり仰天。

「この私に、なんという汚ないものを食べさせようとするんだ！」

といきなりキレて、剣で女神を切り殺してしまったのです。

すると、死んだオオゲツヒメの体の穴という穴から、いろいろな食べ物が出てきたのでした。頭からは蚕《かいこ》が、両眼からは稲が、耳からは粟《あわ》が、鼻からは小豆が、「ほと」からは麦が、お尻からは大豆が生まれてきました。死体にできたこれらの食べ物を、三神の創世主一人、カミムスヒノカミが採って、種としました。

オトナの古事記解説

とっくに神の国の高天原から下界（中つ国）へ追い出されたはずのスサノオは、まだ「腹がへったなあ」と途中でうろうろしていたらしい。そこへ優しい女神が登場して「何か召し上がって」とごちそうの仕度《したく》をしてくれた。

が、その調理現場を見て、スサノオはカッとして殺してしまう。なんともわがままで、短気な神様がいたものだ。

ここでまた「ほと」が登場する。ほとから火の神が産まれたかと思えば、悪魔が潜んでいたり、そしてついに麦が生えてくる……。

スサノオが殺害したこのオオゲツヒメは、現在も私たちが食べている五穀（一般的には米、麦、粟、キビ、豆）や養蚕《ようさん》の起源とされている。一方、スサノオは出雲神話で農耕や穀物に関係が深い神様になっていたことから、このような穀物の起源を語るくだりが作り出されたようだ。

二章

◉「大蛇退治」から「オオクニヌシの国造り」まで

嫉妬で殺されるほどモテたスサノオの子孫神

「化け物を退治するから娘をくれ」

高天原《たかまのはら》を追われたスサノオは、さまよい歩いたあげく出雲《いずも》国にある肥《ひ》の河《かわ》（斐伊《ひい》川《かわ》）の上流にある鳥髪《とりかみ》（島根県仁多《にた》郡鳥上）というところに降りてきました。

その川から箸が流れ下ってきたので、川上には人が住んでいると思い、上流に向かってしばらく歩いていくと、老夫婦が若く美しい娘を挟んでしくしく泣いているのに出会いました。とても悲しそうな様子です。

「お前たちは何者だ。どうしてそんなに泣いているのだ？」

スサノオが聞くと、おじいさんが答えました。

「私は国つ神オオヤマヅミノカミ（大山津見神）の子で、名前はアシナヅチノミコト（足名椎命）と申します。妻はテナヅチノミコト（手名椎命）で、この娘はクシナダヒメ（櫛名田比売）です」

国つ神とは地（葦原中国《あしはらのなかつくに》）に現れた神々の総称です。スサノオの目は、すでに美しいクシナダヒメに釘付けになっていました。

「何かつらいことでもあるのか？」

「はい、そのとおりでございます。じつは私たち夫婦には娘が八人おりました。しかし、七年前から毎年高志《こし》国（北陸地方）からヤマタノオロチ（八俣の大蛇）という化け物がやってきて、一人ずつ娘を食べてしまったのです。もうこの娘一人しか残っておりません。そのオロチが、今まさにやってこようとしているのです。たった一人になったこの娘とも別れなければならないのかと思うと、悲しくて悲しくて泣くばかりだったのです」

「では、私がその化け物を退治しよう。成功したら、娘を私の妻にくれないか」

「えっ？　そうはおっしゃいますが、私どもはあなた様のお名前も存じません。どなた様でしょう?」

「おお、そうであった。私はアマテラスの弟のスサノオである。ちょうど今、高天原から降りてきたばかりだ」

こう聞くと、老夫婦はかしこまって言いました。

「恐れ入りました。それはそれは、なんと貴い方でしょうか。そのような方なら喜んで娘を差し上げましょう」

その申し出を聞くと、スサノオは娘の姿を美しい櫛《くし》に変え、髪の毛に挿して隠してしまいました。そして老夫婦にこう指示します。

「何度も醸造《じょうぞう》した強い酒を造り、垣根を張りめぐらせて八つの門を造りなさい。それぞれの門に台を造り、その上に酒でいっぱいになった酒樽《さかだる》を置くように」

スサノオの指示どおりに準備が整うと、間もなく空は雲におおわれ真っ黒になってきました。するとそこへ、おじいさん（アシナヅチ）が言ったとおり、八つの鎌首《かまくび》をもたげた、世にも恐ろしい姿のヤマタノオロチが現れます。オロチがフーッと息を吐けば、大岩がビュンビュンと飛んできます。

スサノオはじっとその様子をうかがっていました。するとオロチの八つの頭は、地を這《は》い空を漂いながら、「なんだかうまそうな酒がありそうな」というふうに匂いにつられていきます。

　オロチは酒樽を見つけると、八つの頭をそれぞれ八つの酒樽に突っ込み、ガブガブとのどを鳴らしながら飲み始めました。こうして強い酒を飲み干してしまうと、オロチは酔いつぶれ、巨体を長々と伸ばすと寝入ってしまったのです。

　そこへ「待っていました」とばかり、スサノオは腰につけていた十拳剣《とつかのつるぎ》を抜くや、「エイッ」「ヤッ」とオロチの八つの頭に次々切っていき、ばらばらにしてしまいました。そしてとどめをさそうと、八つの尾を順番に切り落とし始めます。しかし、真ん中の尾を切り落とそうとしたときに「ガツッ」という音がして、剣の刃が欠けてしまいました。

　頑丈なはずの十拳剣の刃がこぼれたのを見て、スサノオは不思議に思い、尾を引き裂きます。するとそこには、キラリと輝く太刀が収まっていたのでした。

オトナの古事記解説

つい先ほど、女神オオゲツヒメを殺害してきたばかりなのだが、スサノオはここへ来ると、突然か弱い女性を怪物から救う英雄に変身する。ギリシャ神話などにも美女を狙う怪物を倒して、その美女と結婚するという話がある。ただし、あちらでは酒を使って怪物を酔っ払わせたりすることはないが、スサノオはこんな策略を用いた。一方、スサノオが出陣前にクシナダヒメを櫛に変えて、自分の頭に挿したというくだりも興味深い。

古代の男性はけっこうおしゃれに気を使っていたようだ。もちろん異性の目を意識してのことだろう。埴輪《はにわ》の中にある男性の像などにも、頭に櫛を挿しているような姿のものが多く見られる。

すがすがしい出雲でラブラブ新婚生活

スサノオは、退治したヤマタノオロチの体内から取り出した立派な剣を、アマテラスに「これはとてもよい刀だと思います」と言って献上しました。この剣を草薙《くさなぎ》剣《のつるぎ》といいます。

こうしてスサノオは、クシナダヒメと出雲国で新婚生活を営むことに決めます。いろいろと住む土地を探し回った末、川下の緑多い地にやってきてこう言いました。

「私はここにやってきて、とてもすがすがしい気分だ」

そうして、この地に住まいを造ることにしたのです。スサノオにより、この地は「須賀」と名付けられました。

やがて壮麗《そうれい》な宮殿が完成したとき、スサノオ夫妻を祝福するかのような雲が、幾筋もむくむくと立ち昇りました。その情景を、スサノオは歌に詠んでいます。

八雲《やくも》立つ　出雲八重垣《やえがき》
妻籠《ご》みに　八重垣作る
その八重垣を

スサノオはこの宮殿に、アシナヅチとテナヅチを呼び寄せました。そしてアシナヅチに「あなたを私の宮殿の支配人に任命する」と告げ、さらにスガノヤツミミノカミ（須賀之八耳神）という別の名も与えたのです。

オトナの古事記解説

スサノオは、オロチ退治で手に入れた草薙剣という名刀をアマテラス姉さんにプレゼントする。傍若無人《ぼうじゃくぶじん》だったあの男が、美女と結婚することになった途端に、こんな心遣いができるようになったのである。

ちなみにこの剣は、後の世代にヤマトタケルが使うことになる。そして大和朝廷に伝わって三種の神器の一つとなり、今も愛知県熱田《あつた》神宮に秘蔵されているという。

出雲の須賀にやってきたスサノオは、世界で初めての和歌を詠んだ。この歌の意味は「湧き起こる雲が八重の垣を作ってくれている。その八重の垣は妻を籠もらせる。すばらしい八重の垣だ」といったところか。

その前にスサノオは、「すがすがしい」↓「須賀」と、これまた史上初の（？）ダジャレまで披露し、ダジャレで作った地名を用いた称号を義父に与えている。何かというすぐにキレる危ない青年が、ダジャレ好きの気のいいおじさんに変わってしまったようだ。

これにて、『古事記』の中でスサノオが主役のシーンはおしまいとなる。

因幡の白うさぎの大予言

スサノオとクシナダヒメの子孫に、オオクニヌシノカミ（大国主神）がいます。

この神はのちに「大いなる国の主」と呼ばれるようになりますが、はじめ八十神《やそがみ》と呼ばれるほど多くの兄弟がいました。でも、兄弟たちからは家来同然に扱われており、冴《さ》えない存在でした。

その頃、因幡《いなば》（鳥取県東部）にヤガミヒメ（八上比売）という美しい女神が住んでおり、あたりの男神たちはみんな「彼女と結婚したい」と胸を焦がしていたのです。

オオクニヌシの兄弟連中も、そろってヤガミヒメにプロポーズしに行くことにしました。ただし、オオクニヌシは荷物を背負わされ、従者《じゅうしゃ》のように扱われています。荷物の重さのために、みんなからだいぶ取り残されて後ろを進んでいました。

一行は気多《けた》の岬（鳥取市白兎《はくと》海岸近傍の岬）に着きましたが、そこに毛のまったくない裸のうさぎが「痛いよ、痛いよー」と伏せって泣いていたのです。このうさぎは隠岐《おき》島からここまで海を渡ろうとしたところ、渡るための手段がなく、ワニ（サメ）たちをだまして彼らの背中を使って海を渡ったために、その中の一匹に皮を剝《む》かれてしまったのです。

ここでオオクニヌシの兄弟たちは、ひどい嘘をつきます。

「うさぎさん、体が痛いのなら海の塩水をよく浴びてから、高い山の尾根に出て風に吹かれて寝ていると治りやすいよ」

「そうですか。ご親切にありがとうございます」

何も知らないうさぎがそのとおりにすると、塩分の浸みた傷口が風で乾かされて、ますますヒリヒリと痛みが強くなったのでした。

「痛いよー！　誰か助けてー」

そこへ遅れてきたオオクニヌシが通りかかり、わけを聞くと、

「今すぐ水の流れている河に行って、真水で体を洗いなさい。そしてそこに生えている蒲《がま》の穂を取ってきて、黄色い花粉をまき散らして、その上に寝転んでいなさい。そうすれば必ず元の肌に戻るでしょう」

と教えました。うさぎが言われたとおりにすると、傷が癒えて元の肌に戻ることができました。このうさぎが「因幡の白うさぎ」です。

うさぎは喜んで、こう予言します。

「私に嘘をついた神様たちは、ヤガミヒメと結婚することはできないでしょう。見た目は荷物持ちみたいだけど、あなたこそヒメを射とめるに違いありません」

オトナの古事記解説
大きな袋を　肩にかけ

大黒さまが　来かかると
ここにいなばの　白うさぎ
皮をむかれて　あかはだか

童謡・唱歌『大黒様』では、このように歌われている。オオクニヌシは漢字で「大国主」であり、人々はこれを「ダイコク」と音読みしてきたようだ。人間を襲うこともある獰猛《どうもう》なうさぎを「あかはだか」にしてしまった「ワニ」は、人間を襲うこともある獰猛な「ワニザメ」のことだとされる。山陰地方では、今も「サメ」のことを「ワニ」と呼ぶことがある。

このワニに皮を剝かれたうさぎは、オオクニヌシから蒲の花粉を傷口に塗るという治療法を教わる。実際、蒲の花粉は古代より血止めの効果があるとされてきた。オオクニヌシは、この行為のおかげで「医療の神様」とも呼ばれる。

兄神たちに二度も謀殺されながら、生き返る

因幡のヤガミヒメは、オオクニヌシの兄弟である八十神たちの求婚をきっぱりと断りました。

「あなたたちのお申し出は聞かなかったことにします。私はオオクニヌシ様に嫁《とつ》ぐつもりです」

これを聞いた兄弟たちは逆上し、「オオクニヌシを殺してしまおう」と共謀します。八十神の兄弟は、オオクニヌシとともに伯耆国《ほうき》（鳥取県西部）の手間《てま》の山の麓《ふもと》へやってくると、オオクニヌシにこう言いつけました。

「この山には赤いイノシシが棲《す》んでいる。我々が上から下へ追い込むから、お前はここで待って捕まえろ。もし取り逃がしたら、絶対にお前を殺すぞ」

兄弟たちは山に登り、ちょうどイノシシほどの大きさの石を見つけると、これを火で真っ赤に焼いて、山の上からオオクニヌシ目がけて転がして落としたのです。

「あ、イノシシが来たぞ！」

オオクニヌシは、落ちてきた焼け石をつかもうとしましたが、その熱にジューッと焼かれてあっというまに死んでしまったのです。

オオクニヌシの死を知って嘆き悲しんだオオクニヌシの母神は、高天原に昇って、カミムスヒ（天地創造のときに登場した造化三神《ぞうかさんしん》の一柱）に「どうか生き返らせてください」と相談します。するとカミムスヒは、キサガイヒメとウムガイヒメという二神を派遣して、オオクニヌシを蘇《よみがえ》らせようとしてくれました。

キサガイヒメは貝殻を削って粉末状にして、ウムガイヒメがそれを貝の汁で溶き、母親の乳汁のようなものを焼きただれたオオクニヌシの体に塗ったところ、なんとオオクニヌシはいっそう美男子となって生き返り、自分の足で歩いてみせたのです。

このことを知った兄弟連中は、またもやオオクニヌシをだまして山に連れて行き、殺害計画を実行します。大きな木を切り倒してその間に楔《くさび》の矢を打っておいて、その裂け目にオオクニヌシに入らせたのです。楔の矢をいきなり抜くと、オオクニヌシは木と木の間に挟まれて「ギャッ」という悲鳴をあげながらまたもや死んでしまったのです。

ここにまた母神がやってきて、遺体が挟まった木を割ってオオクニヌシを取り出すと、またまた生き返らせました。そして母神は、こう言い聞かせたのでした。

「あなたがここにいれば、兄弟たちにまた殺されるに

違いないわ。紀伊国《きい》（和歌山県）にオオヤビコノカミ（大屋毘古神）という頼れる神様がいるからそこへ逃げなさい」

こうしてオオクニヌシは、紀伊のオオヤビコのもとに逃げました。そしてここへ兄弟たちが矢を持って襲ってくると、オオヤビコは木の股をくぐらせてオオクニヌシを逃がします。そしてこう助言しました。

「あなたの祖先のスサノオ様のおられる根《ね》の堅州国《かたすくに》に行くとよいでしょう。必ず大神はよいように取り計らってくださるでしょう」

オトナの古事記解説

兄弟神の求婚を拒み、「オオクニヌシ様と結婚する」と宣言するなど、ヤガミヒメは兄弟神の正体を見抜いていたようだ。まさに「神業《かみわざ》」だ。

一夫一婦制の婚姻の確立していなかった古代においては、どれくらい多くの異性を射とめるかは、その人物の力の大きさを示す尺度だったことだろう。そんな中で権力者は、どんな手を使っても意中の女性をモノにしようとしたに違いない。

お人好しのオオクニヌシは、ヤガミヒメを狙う兄弟神のたくらみにまんまと二度もはめられ、二度も殺されることになった。そして二度目に生き返ったとき、六代前の祖先スサノオのいる黄泉《よみ》の国、根の堅州国へ相談に出かけるよう勧められる。そういえばスサノオは高天原を追放された神だから、「この世」以外の行き先は黄泉の国にしかなかったわけだ。

スセリビメとの出会いとスサノオの婿いじめ

オオクニヌシは、オオヤビコのすすめに従って根の堅州国にいる祖先のスサノオのもとを訪ねました。スサノオの娘のスセリビメノミコト（須勢理毘売命）が応対したところ、二神はたちまち恋に落ちてしまいます。

スセリビメもオオクニヌシも互いの目を見つめたまま近づき、男女の衝動に駆られます。オオクニヌシはその成長しすぎたものを、スセリビメの成長していないところへ突き刺します。

そしてスセリビメは、父スサノオに「すごい美男子の神様がやってきましたよ」と告げたのです。スサノオはすぐにオオクニヌシの正体を見抜き、「ああこいつらはもう、できちゃったんだな」と察します。

「あれはアシハラシコオ（葦原色許男）という色事師《いろごとし》だ」

そして、オオクニヌシを御殿に呼び入れて蛇がうじゃうじゃいる部屋に寝かせました。スサノオは娘が気に入った男に嫉妬し、憎んでさえいたのです。

その後もスサノオはオオクニヌシに、ムカデとハチでいっぱいの寝室に泊まらせるなどさんざん嫌がらせを行い、果ては命まで奪おうとする始末。ついにオオクニヌシは、スセリビメを連れて黄泉の国から脱出を図ります。その際、神器である剣と弓矢と琴を持ち出しました。

オオクニヌシ・スセリビメ夫妻が黄泉比良坂《よもつひらさか》まで逃げてくると、スサノオが追いついてきます。ここに至ってはもう仕方がないと、スサノオはやけくそでオオクニヌシに呼びかけました。

「おーい、色男よ！　お前が持ち出した剣と弓矢で、お前を狙っている兄弟たちを坂下に追いつめて、河の深みに追い払ってやれ。今後、お前は現《うつ》し国魂《くにたま》の神（この世の国土を護る神）となって娘のスセリを妻にし、宇迦《うか》の山の麓にしっかりした礎石を設けて太い長い柱を立てて、天高くそびえる宮殿を造れよ！」

こうしてオオクニヌシは地上に帰ると、スサノオの言葉に従い、その剣と弓矢でもって兄弟の八十神を坂下に追いつめ、河の深みに追い払い、国を造りました。

さて、そもそもオオクニヌシが八十神に狙われるきっかけになったヤガミヒメは、あのとき約束したとおりに、オオクニヌシと夫婦となりました。寝所に入った二神はそれはそれは深い情を交わすのです。

しかしそれもつかの間、ヤガミヒメは正妻のスセリビメの嫉妬が恐くて、生まれた子どもを木の股に挟んで故郷の因幡に帰ってしまいました。その子をキマタノカミ（木俣神）と呼び、またの名をミイノカミ（御井神）といいます。

オトナの古事記解説

オオクニヌシはスサノオの六代後の子孫だから、その娘となるスセリビメはオオクニヌシの五代前、人間だったら一〇〇歳かそれ以上も年上ということになる。オオクニヌシはそんな女性に一目惚れし、あっという間に正妻にしてしまった。

小さな国々が分立していた古代は、戦国時代と同じで、権力者の結婚といえば政略結婚だった。家系を守るためには身内同士の結婚や、年の差婚も普通に行われていたに違いない。スサノオ家の末裔《まつえい》であるオオクニヌシは、スサノオのより濃い血を求めて娘と結婚したということになるのだろうか。

しかし、かつての荒くれ男スサノオは、今やすっかり親馬鹿に変身していて、大事な娘を奪っていこうとする男に激しい怒りをあらわにする。そして、いろいろな意地悪を繰り返したあげくに命を奪おうとまでした。

そしてついに、娘を自力で奪っていこうとするオオクニヌシに降参して、かつてイザナキとイザナミが永遠の別れをした黄泉比良坂で夫婦を見送ることになる。

正妻となったスセリビメはあの乱暴者のスサノオの娘だから、きっと気が強く、キレやすい女性だったことだろう。そんな娘が親を捨ててまで結婚したがったわけで、オオクニヌシのモテ男ぶりも半端ではない。

それにしても、オオクニヌシは兄弟連中から命を狙われており、その対応策をスサノオに相談するために黄泉の国に行ったはずだった。ところが、娘に惚れてスサノオから命を狙われたりする。

今日の芸能界などでも、美人妻がいながら浮気癖が治らずに多重交際が発覚し、ついには仕事も家庭も失うことになる人が後を絶たない。オオクニヌシは「モテ男もつらいよ」という教訓を示していたのではないだろうか。

モテすぎ！　オオクニヌシの八千矛伝説

国を治めるオオクニヌシは、スサノオから得た強力な弓矢を持つことから、新たに「ヤチホコ（八千矛）」という別名を持ちました。正妻がいるのに、その好色ぶりは相変わらずで、今度は出雲から越国《こしのくに》の沼河《ぬなかわ》（新潟県糸魚川《いといがわ》市）へと、そこに住むヌナカワヒメ（沼河比売）に求婚するために向かいます。ヌナカワヒメの家に着くと、オオクニヌシは妻を求める歌を詠み始めたのでした。

ヤチホコの神である私は　日本中でたくさん妻を探してきたけど　まだ満足できる妻に出会うことができず　はるばる越国に　賢い女が　美しい女がいると聞いて　求婚のために出かけ　求婚のために通い続けており　まだ剣の緒を解くこともなく　着ているものも脱がないうちに　乙女の寝ている家の板戸をガタガタ揺さぶりながら立ったまま　引いて揺さぶりながら立ったままいるとやがて緑の山に鵺《ぬえ》が鳴き　野には雉《きじ》がけたたましく鳴き　庭の鶏も鳴く　うっとうしく鳴く鳥たちめ　あの鳥たちが鳴くのをやめさせてくれ　空を飛ぶ使いの鳥よ

鳥たちが鳴いて夜明けを告げたため、夜這《よば》いは失敗です。オオクニヌシは腹立たしいやら焦るやら……。

するとヌナカワヒメは、戸を開けぬまま内側より歌を返しました。

ヤチホコの神様　私はなよなよして頼りない女であり　心は落ち着かず　水の

上をふわふわ漂っている水鳥のよう　ですから今はまだ自分だけの鳥でいたいのですが　いずれはあなた様の鳥になるでしょう　ですから鳥たちを殺さないでください　空飛ぶ使いの鳥たちよ

ヌナカワヒメの歌はなおも続きます。

青い山の向こうに日が沈んだら　真っ暗な夜になるでしょう　朝日が昇るように微笑みながらあなたが出てきて　白い私の腕や淡雪のような私の胸を　宝物をさわるように抱きしめてください　足をのばしてゆっくりしていただくこの家ですから　今からそんなに恋い慕ってくださらないように　ヤチホコの神様

二神はその夜は会わず、翌日の夜会ったのでした。オオクニヌシはその成長しすぎたものを、ヌナカワヒメの成長していないところへ突き刺します。

ところで、オオクニヌシの妻スセリビメは、とてもやきもち焼きです。そのためオオクニヌシは、出雲から大和に上ろうと旅仕度を整えて出発する際、片方の手を馬の鞍《くら》にかけ、もう片方を鐙《あぶみ》に踏み入れてこんな歌を詠んでいます。

黒い衣装をていねいに身につけ　沖の水鳥のように胸を見るときのように　両手を羽ばたきみたいに動かしてみたがまったく似合わない　それを波打つ磯辺に捨てるように脱いで　今度はカワセミのような翡翠《ひすい》色の衣装をきちんと身に

つけ　水鳥が胸を見るときのように羽ばたきのように両手を動かすと　これも似合わず同じように脱ぎ捨ててしまった　そして　山の畑に蒔《ま》いた茜草の汁から造った染料で染めた衣装をすっかり身に装い　水鳥のように胸を見るとき　羽ばたきのように手を動かすと　これはぴったり合った　可愛い妻よ　鳥の群のように　従者をたくさん引き連れて私が旅立っていったなら　鳥たちがさっと去ってゆくように私が去って行ったなら　お前は泣くまいとはいうけれども　山に生えている一本の薄《すすき》　そのようにうなだれて　お前が流すだろう涙が　朝の雨のように　霧になることだろう　いとしい若草のような妻よ

　これを聞いて機嫌がよくなった新妻・スセリビメは、大きな酒杯を手に取り、夫のそばによって、「旅の前に一杯どうぞ」と杯《さかずき》を捧げました。そして、このような

歌を歌っています。

ヤチホコの神様は我が国の主です　あなたが男なので　巡っていく島の先々にも　磯の先々にも　どこにも草が生えるように妻をお持ちなのです　それにひきかえ私は女の身なので　あなたの他に男はありません　あなたの他に夫はありません　綾織りの帳《とばり》がフワフワと垂れ下がっている下で　からむしのふとんがごそごそする下で　淡雪のように白く柔らかな胸を　たおやかな綱のような白い腕を　愛撫《あいぶ》して絡ませ合い　この美しい腕を腕枕にして　足を長く伸ばしてお休みください　お酒をたっぷり召し上がってください

そののち二神は杯を交わし合い、首に手を回し合うのでした。以後、オオクニヌシは出雲に留まり、今日に至るまで二神はむつまじく鎮座しています。

オトナの古事記解説

オオクニヌシという神様は、命がけでスセリビメと結婚したばかりなのに越国にヌナカワヒメという美人の女神がいると聞いて遠征し求婚する。そして、彼女の寝ている部屋の戸をガタガタと押したり引いたりしている。古代世界は「夜這い」や夫が妻の家に通う「通い婚」が普通だった。

オオクニヌシに対してヌナカワヒメのほうも、一回目の返歌では「いずれはあなた様の鳥になる」などと慎ましいことを言っていたが、次の日にはもうめでたく「結婚」だ。女性側にとっても力を持った男性を迎えることが、自分の地位の高さを示すことになったのだろう。

一方、オオクニヌシの正妻であるスセリビメは、夫に激しくやきもちを焼く。だが、オオクニヌシも心得たものだ。「お洒落をして（女性を求めて）旅立とうとしたが、私が立ち去ったら、お前は泣いてしまうだろう」と妻の気持ちをくすぐったりする色事師ぶりだ。

こうして二神は歌を交わし合ったあと、酒杯も取り交わして、淡雪のような胸を愛撫し体を抱きしめ絡ませ合う。妻のほうも「ふとんがごそごそする下で」と、もうその気まんまんだ。というわけで、オオクニヌシとスセリビメは末永く出雲に鎮まることになった。

オオクニヌシには、八十神との戦いに勝って結ばれたヤガミヒメ、恐ろしいスサノオからその娘を奪い取って得た正妻のスセリビメ、さらに越国で熱い恋歌を詠んで射とめたヌナカワヒメ以外にも、何人もの妻がいる。これらたくさんの妻を獲得したという話は、出雲から出発した王が領土を拡張していったことを伝えたかったのではないかと思われる。

海の向こうから来た謎の神たち

オオクニヌシが国造りに精を出していたときのこと。出雲の美保《みほ》（島根県松江市美保関）の岬で海を見ていると、波の上に羅摩船《かがみのふね》（ガガイモの形をした船）に乗って近寄ってくる、絹の着物を着た神様がいました。

オオクニヌシが名前を問うても、その神様は答えません。お供の神様たちに「あれは誰だ？」と聞いても、誰もが「知らない」と言うのです。すると、ヒキガエルのタニグク（多邇具久）の神が言い出します。

「この方のことは、きっとクエビコ（久延毘古）が知っているでしょう」

そこで、クエビコを呼び出して聞いてみると、「この神は（造化三神の一柱）カミムスヒノカミの子のスクナビコナノカミ（少名毘古那神）に違いありません」と答えました。

そのため、オオクニヌシがカミムスヒノカミに会って「本当にあなたの子ですか？」と聞くと、

「確かに私の子であり、子どもの中でも手の指の間からこぼれ落としてしまった子である。これからあなたと協力し合って、この国を造り固めるとよいだろう」

との答えでした。

以降、オオクニヌシとスクナビコナは協力し合って国造りを進めます。その後、スクナビコナはまたいずこか、海の彼方の常世国《とこよのくに》に渡っていきました。

このスクナビコナのことをオオクニヌシに教えたクエビコは、今では山田のソホド（かかし）となっています。この神は足がなくて歩けないのですが、一日中立ち尽くしているので天下のあらゆることを知り抜いている神なのです。

さて、スクナビコナに去られたオオクニヌシは、とても心配そうな様子です。

「私一人残されて、これからどのように国造りをすることができるだろうか。どこの神が私と協力して、この国を一緒に造っていけるだろうか」

このとき、海上を輝かせて近寄ってくる神の声が聞こえました。

「ていねいに私の御霊《みたま》を祀《まつ》ったなら、私はあなたに協力して一緒に国造りを進めることにしましょう。祀らなければ国造りは失敗するでしょう」

オオクニヌシは「どうやってお祀りすればよいのですか」と尋ねました。神の答えはこうでした。

「私の御霊を、大和の青々とした山々の、その東方の山の上にお清めをして祀りなさい」

オオクニヌシがこの言葉に従ったことで、大和の御諸山《ごしょざん》には神々が鎮座しているのです。

オトナの古事記解説

この項は「どういう意味だろうか？」と考えさせられることばかりだ。

なぜかオオクニヌシは海を見ていた。そこへ「ガガイモの形をした船」が現れる。ガガイモというのはマメ科の植物だから、豆類の「さや」のような形をした船という意味だろうか。

その船には謎の神様（スクナビコナ）が乗っていて、名前を聞いても返事がない。よその国から漂着した船に、日本語がわからない人が乗っていたというイメージだろうか。それで「この神は誰だろう？」とヒキガエルの神様やかかしの神様に聞いたりする。

ヒキガエルは田畑に棲み、作物を荒らす害虫を食べる。かかしも害虫・害鳥から稲・作物を守るのが仕事だ。だから、農業の神様のようにとらえられていたのかもしれない。

さて、スクナビコナが去ってしまい「一人では国は造れない」と悩むオオクニヌシに、また別の謎の神が、海のほうから「大和の国の青々とした山々の中の東の山へ行き、神の御霊を祀りなさい」というアドバイスをくれた。この山は奈良の三輪《みわ》山《やま》のことだそうだ。

これでオオクニヌシは、これまで拠点としていた出雲から、大和を目指そうということになったらしい。このエピソードは、大和朝廷の東方への進出が定まってきたことを示唆しているのかもしれない。

三章

アマテラスによる「葦原中国」奪回作戦

◉「天孫降臨前夜」から「ニニギの子の誕生」まで

裏切者アメノワカヒコの胸に矢がブスリ！

高天原《たかまのはら》にいるアマテラスが、ある日突然、こう宣言します。

「一五〇〇年も栄えている瑞穂《みずほ》の国である葦原中国《あしはらのなかつくに》（中つ国とも。日本）は、今後、私の息子のアメノオシホミミノミコト（天忍穂耳命）に統治させせます」

こうしてアメノオシホミミは、一度は中つ国に降りていったのですが、再びアマテラスのもとに戻ると「瑞穂の国はひどく騒がしくて、荒れていますので」と、赴《ふ》任《にん》を拒否する旨を告げます。

そこでアマテラスは、天地創造の三神の一柱タカミムスヒノカミ（高御産巣日神）と相談して、天《あめ》の安《やす》の河《かわ》の河原《かわら》に八百万《やおよろず》の神々を集めます。中でも、天の岩屋戸事件でアマテラスをみごと誘い出すアイデアを出した知恵者のオモイカネ（思金神）に考えさせようというのが狙いです。

「私はもう、息子に中つ国に統治させようと決めたのですが、息子が日本は乱暴な神たちであふれていると不安がっています。日本の神たちをおとなしくさせるには、誰をやらせるのがいいのでしょう？」

オモイカネがいいます。

「アメノホヒノミコト（天之菩卑能命）を遣わせてはいかがでしょう？」

こうして、アメノホヒが遣わされることになったのです。

ところがアメノホヒは、国に降りるとオオクニヌシに懐柔《かいじゅう》されて地上に住み着き、三年もの間、高天原には何の報告もしなかったのでした。

こんなわけでアマテラスとタカミムスヒは、またまた神々を集めて相談することにします。

「アメノホヒは何も知らせてこない。いつまであちらに留まっているつもりか尋ねてみたいが、今度はどの神を遣わせたらよいでしょうか？」

オモイカネが再び建言します。

「それならアメノワカヒコ（天若日子）がよいのではないでしょうか」

そこで高天原では、アメノワカヒコに聖なる大きな弓と矢を授け、葦原中国に派遣しました。

しかし、このアメノワカヒコも、オオクニヌシの娘のシタテルヒメ（下照比売命）に夢中になり、結婚して骨抜きにされてしまいました。それでもこの国をわがものにしようと謀《はか》るものの、高天原に八年も連絡しなかったのです。

高天原ではまたも、アマテラスとタカミムスヒが神々を招集して相談しました。

「アメノワカヒコも、長らく連絡がありません。誰かを遣わせて話を聞いてきてください」

三たびオモイカネが言います。

「ナキメ（鳴き女）という名の雉《きじ》を遣わせるのがよいでしょう」

こうしてナキメは葦原中国に飛んでいき、アメノワカヒコの家の門にある桂の木の枝にとまり、なぜ戻ってこないかを問いただしました。すると、近くにいたアメノサグメ（天佐具売）という女神が、こう叫びます。

「この鳥、鳴き声が勘にさわります。すぐ射殺《いころ》しましょう」

これに応えて、アメノワカヒコは高天原から持ってきた、あの大きな弓と矢を使って、雉のナキメを射ち殺しました。このとき放たれた矢の勢いがあまりにも強かったため、雉を貫いてビューンと高天原まで飛んできました。

高天原で雉の血が付いた矢を見たタカミムスヒが、八百万の神々に「これは以前アメノワカヒコに授けた矢です」と言いました。そして、

「今からのこの矢を下界に投げ戻します。アメノワカヒコが命《めい》に従っているなら当たらないように、アメノワカヒコが邪《よこしま》な気持ちになっているなら、この矢を突き刺してください」

と誓約《うけい》して、ひょいと矢を突き返しました。すると、葦原中国で寝ていたアメノワカヒコの胸にこの矢がブ

スリと突き刺さり、即死したのです。

オトナの古事記解説

とっくに高天原に引退していたはずのアマテラスが、突如「息子のアメノオシホミミに国を統治させたい」と乗り出すことになった。

女神漁りにうつつを抜かすオオクニヌシの治世に我慢がならなくなったのか。あるいは、弟のスサノオ系列ではなく、自分の息のかかった政権を打ち立てたいとの思いに駆られたものだろうか。

アメノオシホミミは、かつてアマテラスがスサノオと天の川を挟んでどちらが正しいかを証明するために競い合ったとき、髪に巻いた玉飾りから（単性生殖で）生み出した長男だ。

さて、このアマテラスは、三世紀に日本を支配した女王卑弥呼《ひみこ》がモデルになっているのではないかという説がある。『古事記』の中のアマテラスに関する記述は、『倭人伝《わじんでん》』中の卑弥呼と類似する箇所があるためだ。近畿地方における大和政権の成立は、邪馬台国《やまたいこく》の時代より時間的に後になる。また、神々が活躍する「高天原」は九州にあった邪馬台国のことではないかという推測もなされている。

卑弥呼もアマテラスも女性であり、生涯夫を持たなかったと伝えられるなど共通項も多い。また卑弥呼にも弟がいた。が、こちらはスサノオのように姉に反抗することなく、卑弥呼の従順《じゅうじゅん》なメッセンジャーを務めていたと伝えられる。

卑弥呼は絶大な権力を握っていたが、その死後を男の王が継いで邪馬台国を破綻《はたん》させてしまったそうだ。卑弥呼はあの世からそれを見て、「もう一度、自分の治世を取り戻したい」と思ったのではないだろうか。アマテラスの葦原中国奪還作戦は、そんな卑弥呼の思いを伝えた物語だったのかもしれない。

もしかすると、かつて九州に大きな勢力を築いた邪馬台国の一派が出雲まで進出し、そこで独自の文化を発展させたということがあったのではないだろうか。そして、何十年か何百年かを経て、邪馬台国の血を引く九州の勢力が高天原を名乗り、出雲《いずも》にやってきて「これはもともと俺たちの祖先が造った国だから、俺たちに戻せ」などと迫ったということなのかもしれない。ともかく『古事記』では、ここから出雲の高天原への国譲りが始まる。

なお、アメノワカヒコが高天原から投げ返した矢に胸を射抜かれて死ぬというストーリーと、似たような話が中近東に伝わる。

ある猟師が神を射抜こうとしたあげく、返し矢で胸を射抜かれて死ぬというものだ。この物語がインド経由で日本に伝えられ、『古事記』の中に盛り込まれたのではないかと考えた人もいる。

こんなふうに『古事記』は、日本だけでなく海外も含めたあちらこちらの昔話のツギハギをして仕上げられているようだ。

亡夫のそっくりさんが葬儀で大暴れ

アマテラスからの返し矢に射抜かれて死んだアメノワカヒコの妻、オオクニヌシの娘シタテルヒメは、夫の突然の死に嘆き悲しんでいました。その泣き叫ぶ声が風に乗って高天原まで聞こえるほどだったのです。

この泣き声を聞いたアメノワカヒコの父や、高天原にいた正妻とその子どもたちも、葦原中国、すなわち日本に降りてきました。

これら遺族は美濃《みの》国（岐阜県南部）の長良川《ながらがわ》の河上にある喪山《もやま》と呼ばれる山で、アメノワカヒコの葬儀を行います。そこに、オオクニヌシの息子で、シタテルヒメの兄アヂスキタカヒコネノカミ（阿遅鉏高日子根神）も、親友だったアメノワカヒコを弔《とむら》いたいと参列しました。

ところが、アヂスキタカヒコネはアメノワカヒコと〝うり二つ〟の姿だったのです。神々の中には勘違いして、アヂスキタカヒコネに抱きつく者さえいました。

「アメノワカヒコ！　お前、死んでなかったのか。生きていてよかった」

と喜びをあらわにしたのです。

すると、アヂスキタカヒコネが怒り出します。

「アメノワカヒコは親友だったから葬式に来たのだ。どうして私が汚い死人と間違われなければならないのだ！」

こう叫ぶと同時にアヂスキタカヒコネは、アメノワカヒコの葬式のための小屋などを破壊しまくりました。この破壊行動で使った剣は「大量《おおはかり》」や「神度剣《かむどのつるぎ》」などと伝えられています。

そしてアヂスキタカヒコネが怒って飛び去っていくとき、シタテルヒメはこんな歌を詠みました。


天上の機織《はたおり》娘が首に掛けている珠の首飾り　その珠の穴を通してつないだ緒のように　二つの谷を渡っていく　あれこそアヂスキタカヒコネ様よ

この歌は「夷振《ひなぶり》」です。いわゆる上代《じょうだい》の歌曲の一つです。

アマテラスに与えられた使命を忘れて地上でシタテルヒメとのうのうと暮らしていたアメノワカヒコは、投げられた矢が見事命中して命を失った。天に逆らうものには、文字どおり「天罰」が下るという教訓だろうか。

アメノワカヒコと親友だったアヂスキタカヒコネは、葬儀の席でその死んだ親友と間違えられて、怒り狂う。イザナキが黄泉の国からこの世に命からがら逃げ帰ったときも、必死でけがれを落とすための儀式に取り組んだ。古代の人たちにとって死は、それほど忌《い》み嫌われたということだろう。

シタテルヒメの歌った「夷振」というのは、大歌所に伝えられた宮中を代表する楽舞として発展していった。鼓《つづみ》や笛に合わせて奏楽されたらしい。

ついに武力集団が奪回作戦の最前線へ

高天原のアマテラスは、またまたオモイカネに相談しました。

「葦原の瑞穂の国（日本）には、どの神を遣わしたらよいのでしょうか？」

オモイカネはこう提案しました。

「天の安の河の河原の岩屋にいるアメノオハバリ（天之尾羽張）ではいかがでしょうか？　もしくはこの神の子のタケミカヅチノオノカミ（建御雷之男神）がよいでしょうか？　アメノオハバリの場合、天の安の河の水を塞《ふさ》いで道を通れなくするなど、なかなか他の神様では言うことを聞かないかもしれません。まずは、アメノカクノカミ（天迦久神）に説得させましょうか」

そうしたことから、アメノカクノカミがアメノオハバリのもとに行きました。答えはこうです。

「かしこまりました。アマテラス様にお仕えします。ただ、この仕事には息子のタケミカヅチに手伝わせたいと存じます」

こうしたわけで、タケミカヅチはアメノトリフネ（天鳥船神）を伴って、出雲の伊耶佐《いざさ》という小浜（稲佐の浜）に降り立ちます。そして十拳剣《とつかのつるぎ》を抜いて、海の波に逆さまに刺し立てました。この剣はアメノオハバ

リの化身です。タケミカヅチは、その上にあぐらをかいて座ると、オオクニヌシに向かってこう言いました。

「あなたが支配するこの葦原中国を、アマテラス様は、ご自分の息子さんに治めさせたいとおっしゃっています。あなたのお気持ちはどうでしょうか?」

オオクニヌシは返答に窮《きゅう》します。

「すぐにはお答えできません。まずは息子のコトシロヌシノカミ(事代主神)に聞いていただけませんか?」

さっそくアマノトリフネがコトシロヌシを探し出します。そして「どうする?」と聞くと、コトシロヌシは、

「かしこまりました。この国はアマテラス様の息子さんに差し上げましょう」

と答えます。そして、コトシロヌシは「こんちくしょう」とでも言いたげに、自分が乗ってきた船を踏みつけて、逆手《さかて》で手を打っておまじないをして隠れてしまいました。

オトナの古事記解説

国盗りがうまく進まないことに業を煮やしたのか、アマテラスは「どうにかなら

ないか」とまたまたオモイカネに相談する。これに対してオモイカネが推薦したのは、アメノオハバリやその子タケミカヅチの派遣だった。

このアメノオハバリは、イザナキ（伊邪那岐命）が、イザナミ（伊邪那美命）の「ほと」に大やけどをさせて死に追いやった（わが子でもある）ヒノカグツチ（火之迦具土神）を切った剣（十拳剣《とつかのつるぎ》）だ。剣を刺客《しかく》にしようというのだから、今回の派遣にかける意気込みはハンパではない。

イザナキがヒノカグツチを十拳剣で斬った際、その血などからさまざまな神様が生まれており、それらはアメノオハバリ武装集団を形成している。すなわちアマテラス側は、いよいよ武力で国盗りを目指すことになったわけだ。

タケミカヅチはオオクニヌシの前で、剣を逆さにして海に刺し、その剣の切先にあぐらをかいたという。ちょっとどんな格好なのか想像しがたいが、ともかくオオクニヌシに「言うことを聞かないと承知しないぞ！」と、すごんでみせたということだろう。

オオクニヌシは「息子のコトシロヌシに聞かないと」と即答を避けるが、そのコトシロヌシも、すぐにどうしようもない状況だと悟ったようだ。「この恨《うら》み、いつか晴らしてやるぞ」というふうに憤懣《ふんまん》やるかたない様子で姿を消している。

オオクニヌシを従わせ、葦原中国を制圧

タケミカヅチはオオクニヌシに尋ねます。

「コトシロヌシは、この中つ国を譲ると言いました。他にこのことを話すべき子はいますか？」

「タケミカタノカミ（建御名方神）がいます。これで話すべき子はすべてです」とオオクニヌシが答える間に、そのタケミナカタがやってきました。そして一〇〇〇人ほどでなければ動かせないような大きな岩を、掌《てのひら》で転がしながら、

「誰だか勝手にうちの国にやってきて、こそこそと話しているようだな。それなら俺と力比べをしようではないか。お前さんの手を貸してみろよ」

と言って、タケミナカタはタケミカヅチの手をむんずとつかみました。すると、たちまちタケミカヅチの手は氷柱のように凍りました。冷たくて握っていられず、タケミナカタはたじたじになってしまいます。

「もうおしまいかい？」とばかりに、今度はタケミカヅチがタケミナカタの手を握り返します。するとあまりにその力が強くて、まるで若い葦《あし》のようにふにゃふにゃになってしまったのです。タケミカヅチは「やあっ」とばかりに、タケミナカタを

投げ飛ばしてしまいました。

タケミナカタは逃げましたが、タケミカヅチはタケミナカタを追っていって信濃《しなの》国の諏訪湖《すわこ》まで追い詰めました。殺されそうになったタケミナカタは、

「恐れ入りました。どうか許してください。私はもうこの諏訪に留まってどこにも行きませんから。父オオクニヌシ、兄コトシロヌシの言うことにも逆《さか》らいません。この葦原中国は高天原の神々の意のままになさってください」

と無抵抗になって言いました。

タケミカヅチは出雲に戻ってきて、オオクニヌシに問いただします。

「あなたの息子さんたちは二神とも、アマテラス様のお子様の命令にはけっして逆らわない、と言っています。あなたのお気持ちはいかがですか?」

オオクニヌシは答えます。

「葦原中国はすべて差し上げます。ただ、私の住まいとして、しっかりした礎石を敷いて、太い長い柱を立てて、高天原まで届きそうな天高くそびえる宮殿を造ってください。私はそこの暗い部屋に閉じこもっております。今後も私の子ども全一八〇柱は、アマテラス様のお子様にお仕えして、逆らうことはいたしません」

このように言うと、出雲の多芸志《たぎし》の小浜《おばま》におごそかな御殿が造られました。さら

に、この宮殿にミナトノカミ（水戸神。イザナキとイザナミの子神）の孫のクシヤタマノカミ（櫛八玉神）を料理人として派遣しました。クシヤタマは鵜《う》に変身して海に潜り、海底の土を取ってきて、たくさんの平べったい土器を作り、海藻の茎を採ってきて臼《うす》と杵《きね》を作って火をおこします。新築祝いの言葉が述べられました。

「ここで私がおこした火は、高天原ではカミムスヒ（神産巣日神）の神殿のススが固まって垂れ下がるまで、焼き上げましょう。地下では地底の石に届くまで、焼きましょう。長い長い縄で海人が釣った口の大きなスズキを見事に引き上げて、載せた台がたわむほど、たくさん盛り上げた見事な魚料理を献上しましょう」

こうしてタケミカヅチは高天原に戻り、オオクニヌシを従わせて葦原中国を制圧したことをアマテラスに報告したのでした。

オトナの古事記解説

古代の国盗り合戦は、一方を皆殺しにしてしまうような激しいものであったと想像される。しかし、今回の葦原中国の国譲りは、オオクニヌシ側がタケミカヅチの脅《おど》しに屈する形で、戦闘には発展せず話し合いで平和裏《り》に行われた。

一度は抵抗を試みたタケミナカタも、出雲から長野の諏訪まで逃げて「もうここから動きません」と約束させられる始末だ。タケミナカタはその後、諏訪大社に祀《まつ》られる祭神となっている。

一方、オオクニヌシは、国譲りの代償として隠居後の御殿の造営を要望した。これが今日の出雲大社の原型となっているらしい。

御殿の新築祝いには宮殿の料理人として、ミナトノカミの孫のクシヤタマも派遣された。ミナトノカミはイザナキとイザナミが神生みしているときに誕生したハヤアキツヒコノカミ（速秋津日子神）とハヤアキツヒメノカミ（速秋津比売神）の男女一対になった神だ。

港や水の神であり、だから刺し身が得意料理だということらしい。ともかくオオクニヌシは最後までおいしい思いをしながら、ここでいったん表舞台から姿を消す。

アマテラスの孫ニニギが葦原中国の統治者に

タケミカヅチから葦原中国を平定したという報告を受けた高天原のアマテラスは、タカギノカミ（高木神）とともに、息子のアメノオシホミミに改めてこう命じました。

「ただ今、葦原中国を平定したという報告を聞きました。前に命じたように、お前がそこへ降りて統治しなさい」

ところがアメノオシホミミは、気が進まない様子です。

「私が降りる準備をしている間に子ができました。名前はニニギノミコト（邇邇芸命）です。葦原中国へはこのニニギを行かせたほうがよいと思います」

このアメノオシホミミの子は、母親がタカギノカミの娘ヨロヅハタトヨアキツシヒメノミコト（萬幡豊秋津師比売命）だったためか、「子から孫への変更」をアマテラスもすぐ承知しました。

「この豊葦原瑞穂の国は、ニニギよ、あなたが統治すべき国として委任しましょう。命令に従って天から降りていきなさい」

オトナの古事記解説

タカギノカミは、天地創造シーンで登場した「造化三神《ぞうかさんしん》」の一人タカミムスヒノカミ（高御産巣日神）のこととされている。もともと葦原中国の平定は、アマテラスとタカミムスヒノカミのコンビで進めてきたことだった。そして、現地の事業統率者としてアマテラスの孫ニニギが選ばれる。

天と地の間で待っていたサルタヒコ

葦原中国に降りていこうとするニニギは、高天原と葦原中国の八つ辻になったところに、上は高天原を光らせ、下は葦原中国を光らせながら待っている見知らぬ神様と出会いました。

ニニギはアマテラスとタカギノカミとの言葉を借りて、アメノウズメノミコト（天宇受賣命）に、次のように申しつけます。

「あなたはか弱い女神とはいえ、肝《きも》が据わっているから、どんな神様にも話ができると思います。『我が子の天降りする道をさえぎるようにしているのは誰だ』と聞いてきてくれませんか？」

アメノウズメが聞くと、その神様は答えました。

「私は国つ神で、名前はサルタヒコノカミ（猿田毘古神）です。高天原の神様のお子様が天降りすると聞い

たので、お仕えしたいと思ってお待ちしておりました」

オトナの古事記解説

アメノウズメは、アマテラスが弟スサノオの乱行に怒って天の岩屋戸に閉じこもったとき、何とか誘い出そうとストリップショーを行った女神だ。そして、地上の守り神だったサルタヒコは、ニニギに仕えることを申し出る。

『古事記』と同時期の歴史書『日本書紀』では、アメノウズメがサルタヒコに問いかけるとき、「乳房を露わにして衣装の紐を陰部まで垂らし、笑って向き合った」と書かれている。

アメノウズメはとかく露出嗜好《しこう》の強い女神だったらしい。サルタヒコはこの女神がすっかり気に入ってしまったようだ。

天孫降臨は三種の神器とともに

サルタヒコを加えたニニギの一行には、アメノウズメに加えてアメノコヤネノミコト（天児屋命）、フトダマノミコト（布刀玉命）、イシコリドメノミコト（伊斯許理度売命)、タマノオヤノミコト(玉祖命)の計五柱の神様がいました。

他にオモイカネノカミ(思金神)、アメノタヂカラオノカミ(天手力男神)、アマノイワトワケノミコト(天石門別命)の三柱が特別顧問として派遣されています。

またアマテラスは、自分が天《あま》の岩屋戸から招き出されたときに用いられた「八尺瓊勾玉《やさかにのまがたま》」と「八咫鏡《やたのかがみ》」、スサノオから献上された「草薙剣《くさなぎのつるぎ》」を渡します。そして、このように申しつけていたのです。

「この三種の神器を授けましょう。とくに鏡は、まさに私の心を映し出すものとして、私の前に額《ぬか》づくかのように祈り、祀りなさい」

高天原の神たちは、ニニギに降臨するよう命じました。ニニギは座っていた場所を離れて、空にかかる八重にたなびく雲を押し分けて、強い神の力で道を踏み分け、天の浮き橋に到着し、さらに筑紫《つくし》の日向《ひむか》の高千穂《たかちほ》に降り立ちました。

高天原から遅れてやってきたアメノオシヒノミコト(天忍日命)とアマツクメノミコト(天津久米命)の二神は、矢筒を負い、柄《え》の大きな太刀を身につけ、大きな弓と矢を手に持ち、ニニギの露払いとして仕えました。

アメノオシヒは古代の豪族であるオオトモノムラジ(大伴連)などの祖神で、アマツクメはやはり豪族クメノアタイ(久米直)の祖神になりました。

地上に降り立ったニニギは言いました。

「ここは、韓国《からくに》（朝鮮半島）に向き合っていて、笠沙《かささ》の御崎《みさき》（鹿児島県薩摩《さつま》半島の北西端にある野間岬の古称）につながっていて、朝日がしっかりと注ぐ国で、夕日が照らし輝く国です。ここは、よそとは比べものにならないほどよい土地だと思います」

オトナの古事記解説

降臨に同行したアメノウズメを含む五柱は、いずれもアマテラスが天の岩屋戸に閉じこもった事件で彼女を引き出すために活躍した面々だ。

さらにアマテラスは、三種の神器をニニギに渡す。知恵袋のオモイカネなど、特別顧問も派遣した。

かつてイザナキとイザナミが天沼矛《あめのぬぼこ》を使ってオノゴロ島を造った天の浮橋から、改めて国造りが再スタートしたというわけだ。そして出雲ではなく、日向（宮崎県）の高千穂の峰に降り立つ。

九州は邪馬台国のあったところとされ（諸説あり）、日本の古代文化がこの地域からスタートしたことを物語るものと思われる。

ナマコの口はなぜ裂けている?

ニニギは高千穂の底津石根《そこついわね》（地底深くの石）に太い柱を立て、空にそびえるほどに壮大な宮殿を建てて住みました。そして落ち着いたところで、アメノウズメに次のように命じました。

「私に仕えてくれたサルタヒコが故郷に帰りたいと言うので、彼をよく知るあなたが送りなさい。また、サルタヒコの名をあなたが名乗って仕えなさい」

こういうわけでアメノウズメの女系の一族は、サルタヒコという男神の名を負って、サルメノキミ（猿女君）を名乗ることになりました。

このサルタヒコがニニギに仕える前、伊勢の阿邪訶《あざか》の海で漁をしていました。すると比良夫《ひらぶ》貝に手を挟まれて、溺《おぼ》れたことがありました。

サルタヒコを故郷に見送ったアメノウズメは阿邪訶の海へやってくると、すぐに鰭《ひれ》の広物（＝尾の広い魚）、鰭の狭物（＝尾の狭い魚）などさまざまな魚を集めて、「お前は天の御子であるニニギ様に仕えるか？」と聞きました。

するとほとんどの魚が「お仕えします」と答えたのですが、その中でナマコだけが答えませんでした。するとアメノウズメは、「これが答えぬ口か」と、小刀でナマコの口を裂きました。それで今でもナマコの口は裂けているのです。

オトナの古事記解説

ニニギはアメノウズメに、自分に仕えてくれて故郷に帰りたがっていたサルタヒコを送るように勧めた。

どうやら二神の間を取り持ったものと思われる。アメノウズメのほうも初めて声を掛けたとき、いきなり自分の大切な部分まで見せたほどだから、もともとサルタヒコに気があったのかもしれない。

このサルタヒコは間抜けなところがあったらしく、釣りをしているとき、貝に手を挟まれる事故に見舞われたことがある。

その話を聞いて不信感を持っていたのか、アメノウズメは海の生物に、ニニギに仕えてくれるか尋ねたが、ナマコだけいい返事をしなかったので、その口を裂いてしまった。

アメノウズメはサルタヒコから名前をもらって、「猿女君」と呼ばれるようになった。「猿女君」は『古事記』編纂の語り部として参加したとされる稗田阿礼《ひえだのあれ》の祖先ともされる。

ニニギ、乙女に「まぐわい」を提案する

ニニギが笠沙の御崎を歩いているとき、美しい乙女と出会いました。さっそく、「あなたは誰の娘ですか?」と尋ねます。乙女は、

「オオヤマヅミノカミ（大山津見神）の娘のカムアタツヒメ（神阿多都比売）です。コノハナサクヤビメ（木花佐久夜毘売）という名もあります」

と答えました。そこでニニギが、

「あなたにきょうだいはありますか?」と尋ねると、

「私には姉のイワナガヒメ（石長比売）がいます」

と答えました。ニニギはさらに言います。

「あなたとまぐわいたいと思うが、どうだろうか?」

するとコノハナサクヤビメは、こう答えました。

「私には答えられません。父のオオヤマヅミがお答えします」

そんなわけで、ニニギはオオヤマヅミのもとへ答えを求めて使者を派遣します。するとオオヤマヅミはとても喜んで、コノハナサクヤビメと姉のイワナガヒメを一緒に、さらにたくさんの結納品を持たせて献上しました。

ところが、イワナガヒメはひどく醜い容姿だったので、ニニギはその姿を見て恐れ、送り返してしまいました。そして妹のコノハナサクヤビメと、一晩の契りを結びました。

するとオオヤマヅミは、ニニギがイワナガヒメを返したことをとても恥に思い、返事を送りました。

「私が娘を共にお送りしたのは、イワナガヒメがお仕えすればアマテラス様の息子さん（ニニギ）の命は、雪が降っても風が吹いても、いつも岩のように固く動かず変わらないものになるでしょう。またコノハナサクヤビメがお仕えすれば、木の花が咲き誇るように繁栄なさるでしょう。そのような思いがあったからです。しかし、このようにイワナガヒメを送り返され、コノハナサクヤビメを留めたことで、ニニギ様の寿命は、木の花のように儚《はかな》いものとなるでしょう」

それ以来、天皇の寿命は短くなってしまいました。

オトナの古事記解説

ニニギはコノハナサクヤビメをひと目見て「まぐわいたい」などと言い出す。こうしたことは、古い日本の〝上級国民〟にとって普通のことだったのだろう。相手は、そう言われればまず断ることができなかったと思われる。なにしろ、これは最高神であるアマテラスの孫の申し出でもあるからだ。

コノハナサクヤビメの父・オオヤマヅミは、イザナキとイザナミの神生みの際に生まれた神様の一柱。その子どもには、コノハナサクヤビメとイワナガヒメの他、クシナダヒメ（櫛名田比売）の両親であるアシナヅチノミコト（足名椎命）とテナヅチノミコト（手名椎命）がいる。

それにしても、娘を「嫁にくれ」と言われたら「ついでに姉ももらってくれ」だとか、「ブスはいらない」と返すなど、古代人の人権意識はひどいものだったようだ。一方、娘の一人を突き返されたオオヤマヅミも「そんなことではあなたの命は儚いものになる」などと、呪いの言葉を吐いたりする。

『古事記』には、このように、今日なら「削除」や「書き換え」を求められるような記述が何か所も登場する。

「私の子ではないだろう」と謎の言いがかり

ニニギとまぐわいをしたコノハナサクヤビメは、さっそく身ごもります。

「私は妊娠して、もう出産しそうです。これは神の子ですから勝手に産むことはできません。したがってご報告いたします」

これに対して、ニニギは驚くようなことを口にしました。

「お前はたった一晩のことで妊娠したというのか。これは私の子ではないだろう。他の神の子ではないのか？」

「もしお腹の子が他の神様の子だったら、難産になることでしょう。もしニニギ様の子なら安産になるでしょう」

こう言うとコノハナサクヤビメは、出産のために戸のない八尋殿《やひろどの》を造ってその中に入り、出入口をすべて土で塗り固めて塞いでから火をつけたのです。そして、燃え盛る炎の中で三柱の神様を出産しました。

産まれた三柱の神様の名前は、まずホデリノミコト（火照命＝海幸彦）、次にホスセリノミコト（火須勢理命）、その次にホオリノミコト（火遠理命＝山幸彦）といいました。

オトナの古事記解説

ニニギは生まれてすぐに、下界の支配者になることを命じられた。すなわち、神様の子には人間のような発育や成長の期間など必要がない。

それなのに、コノハナサクヤビメのお腹の子には人間の妊娠期間を当てはめて「たった一晩のことで……」などと言いがかりをつけている。

このニニギの言葉に相当傷ついたようで、コノハナサクヤビメは一人だけで出産することにした。そして出産のために造った御殿に火をつけて、火事の中で出産する。結果的に燃え盛る炎の中でも出産できたのだから、この三柱は間違いなくニニギの子どもだと認定されることになった。

この子たちの中から、有名な海幸彦・山幸彦の物語が生み出されることになる。

四章

愛とエロスと野望に生きる天皇のご先祖たち

◉「海幸山幸」から「神武の東征」まで

山幸彦、大切な借り物をなくす

ニニギとコノハナサクヤビメの子どもたちの中で、長男ホデリは海でたくさんの魚を獲ることからウミサチヒコ（海幸彦）と呼ばれ、三男ホオリは山で獣を獲ることからヤマサチヒコ（山幸彦）と呼ばれました。

ある日、ヤマサチヒコは、ウミサチヒコに提案しました。

「獲物を捕まえる道具を取り替えてみませんか？」

三度も頼んだのに、ウミサチヒコは「嫌だよ」と許してくれません。それでもヤマサチヒコはあきらめず何度も頼んだところ、やっと釣り針だけは、山の道具と交換してもらえることになりました。

ヤマサチヒコは大喜びで、さっそく借りた釣り竿《ざお》を使って海で釣りを始めます。しかし、いつまで経っても一匹も釣れないばかりか、釣り針を海の中に落としてしまったのです。困っていると、ウミサチヒコが「釣り針を返せ」と言ってきました。ヤマサチヒコはなくしたことを詫《わ》び、許しを乞いますが聞く耳を持ちません。

「山の幸は山の道具で獲るし、海の幸を獲るには海の道具を使うという言葉がある。道具を元に返し合おうぜ」

そこでヤマサチヒコは自分の剣を折って、五〇〇本の釣り針を作り、それをウミサチヒコに返そうとしましたが、兄はどうしても受け取りません。そこで、今度は一〇〇〇本の釣り針を作り、兄に渡そうとしましたが、やはり兄は受け取りません。

「お前がなくした、あの釣り針でなければ駄目だ」

途方に暮れたヤマサチヒコが海辺で泣いていたところ、シオツチノカミ（塩椎神）がやってきて、ヤマサチヒコに尋ねました。

「どうしました。なぜ泣いているのですか？」

「兄から釣り針を借りていたのですが、その釣り針をなくしました。たくさんの釣り針を作って償《つぐな》おうとしたのですが、許してもらえません」

「それなら、私がいい方法を考えてあげましょう」

そういうとシオツチは、竹で編んだかごの船を作って、それにヤマサチヒコを乗せました。そして、こう話します。

「私がこの船を押し流します。流れに乗っていれば、しばらくしてよい道が見えてくるでしょう。その道を進んでいくと、魚のうろこのように建物を並べた宮殿に行き着きます。それはオオワタツミノカミ（大綿津見神）の宮殿です。その宮殿の門の近くに井戸があって、そこに神聖な桂の木が植わっているから、その木の上に座っていなさい。ワタツミの娘がそれを見て、相談に乗ってくれるはずです」

こうしてヤマサチヒコが目の前に現れた道を進んで行くと、何もかもが教えられたとおりです。門の近くの井戸にある桂の木に登り、そこに座っていました。

そこへワタツミの娘、トヨタマビメ（豊玉比売）の侍女が、井戸に水を汲《く》みに来たのです。容器で水を汲もうとすると、井戸の水面に影が映っていたので、侍女が「上に誰かいるのかな？」と見上げると、木の上には美しい青年がいます。

侍女が「まあ、おかしなことがあるわ」と思っていると、ヤマサチヒコが「水をください」と頼んできたのです。侍女は水を汲《く》んで器に入れ、差し出しました。

　ところがヤマサチヒコは水を飲まずに、首飾りの玉を取って口に含むと、その器の中に吐き出します。すると、その玉が器にくっ付いて取れなくなったので、侍女はそのまま器を持って帰り、宮殿の中にいたトヨタマに渡しました。

　玉がくっ付いている器を見て、トヨタマビメは侍女に聞きました。

「誰か、門の外にいるのですか？」

「はい、井戸の上の桂の木の上に座っている方がいました。とても美しい青年です。その人が水を飲ませてほしいというので、器に水を入れて差し上げたら、水を飲まずに器にこの玉を吐き入れました。それで、このまま持ち帰ったというわけです」

　トヨタマビメは好奇心に駆られて外に出て、ヤマサ

チヒコと目が合ったとたん、一目惚れしてしまいます。さっそく、父のワタツミにヤマサチヒコのことを報告しました。

「うちの門の外に美しい青年がいます」

するとワタツミは、自ら表へ出て青年を見たのです。

「この方は、アマテラス様のご子孫のソラツヒコ（虚空津日高＝ヤマサチヒコの別名）様であるぞ」

こう言うと宮殿の中に招き入れて、アシカの皮の敷物や絹の敷物を何枚も重ねた上に、ヤマサチヒコを座らせました。そして、たくさんの貢物をし、ご馳走を用意しました。こうしてヤマサチヒコとトヨタマビメは結婚し、夫婦となりました。

このの5三年を数えるまで、ヤマサチヒコは海底の国に住み続けたのです。

オトナの古事記解説

神話だけで構成される『古事記』上巻のいちばん最後の物語だ。

ニニギとコノハナサクヤビメの子どもとして生まれたヤマサチヒコらは、三兄弟だったはずだが、次男のホスセリノミコトは、一度名前が出るのみで、あとは登場しない。イザナキ・イザナミの物語でも、イザナキの体からアマテラスとスサノオの姉弟の間にツキヨミが生まれているが、ツキヨミはそのあとまったく登場していない。

つまり、このように三人きょうだいが誕生しながら、真ん中の子が消えてしまうというのが『古事記』のお定まりパターンである。

ウミサチヒコとヤマサチヒコも、もともとの昔話や伝説が二人兄弟だったのに、『古事記』編纂《へんさん》の際にむりやり三人兄弟にしてしまったようだ。前述したように「奇数が縁起がよい」という中国から導入された考え方を反映したものと思われる。で、結局はこの二神の兄弟の葛藤《かつとう》として物語が始まる。

さて、海幸彦・山幸彦の名前に読み込まれている「幸」は、「海の幸」「山の幸」といわれるように収獲物を指す。ウミサチヒコは海のものを収獲して生活する漁師、ヤマサチヒコは山のものを収獲して生きる猟師を象徴しているわけだ。

だから、漁師にとって釣り針は命に代えられないほど大切な生活手段といえる。それなのに、ヤマサチヒコが思いつきで「道具を交換してみよう」と言い出しても、ウミサチヒコはそう簡単に応じるはずがない。

そのため正当なのはウミサチヒコで、無理強いしたのはヤマサチヒコのほうなのだ。ところがなぜか物語は、純情なヤマサチヒコと、意地悪なウミサチヒコというような設定で展開する。

ウミサチヒコから借りた大切な釣り針をなくして途方に暮れているヤマサチヒコは、シオツチノカミと出会いアドバイスを受ける。シオツチは「海流支配の神様」といわれ、ヤマサチヒコを海の神であるワタツミの宮殿へのガイド役を担った。

海の中の宮殿といえば、誰でもすぐ浦島太郎の「竜宮城」を思い出すに違いない。古代の人が漂流して、どこかの島や半島の海岸にたどり着いた経験を脚色したものだろう。

海幸彦・山幸彦の物語の原型は、南方の国から伝えられたものとされる。インドネシアの島には釣り針をなくして、これを探し求めて海の神様に相談し、ついに釣り針を取り戻すというそっくりの物語があるのだそうだ。これが沖縄経由で九州に伝わってきたものだろう。

ところで、ヤマサチヒコが招かれた海の宮殿に「アシカの皮の敷物」が出てくる。「えっ、日本にアシカがいたの?」と驚く人もいるかもしれないが、実際にニホンアシカという種類がいたのである。しかもそんなに大昔のことではなく、一九七〇年代くらいまでは生息していたらしい。

いじめた兄・海幸彦に倍返しだ！

ヤマサチヒコはワタツミの宮殿で、その娘のトヨタマビメを娶《めと》って幸せに暮らしていました。ところがある日、ふと自分がここに来たわけを思い出し、ふーっと大きなため息をつきます。

トヨタマビメはそれに気づき、父ワタツミに相談します。

「あの方が、あんな大きなため息をつくのは、一緒になって三年で、初めてのこと。どうしてかしら？」

そこでワタツミはヤマサチヒコに尋ねます。

「大きなため息をつかれたそうですが、何かあったのでしょうか。そもそもあなたは、なぜこの国にいらっしゃったのでしょうか？」

「じつは、兄ウミサチヒコの釣り針をなくして探しています」

そこでワタツミは、海の魚たちをたくさん呼び寄せて尋ねました。

「お前たちの中で、こんな釣り針を知っている者はいないか？」

すると、こう答える者がいました。

「そういえば、赤ダイが喉《のど》にトゲが引っ掛かって、ものが食えないと嘆《なげ》いていました。もしかしたらその釣り針ではないでしょうか」

さっそく赤ダイの喉を調べたところ、やはりその釣り針でした。ワタツミは釣り針を外すと、きれいに洗ってヤマサチヒコに渡します。同時に「潮満玉」という海を満潮にする装置と「潮乾玉」という干潮を引き起こす装置も渡しながら、こうアドバイスしたのです。

「この釣り針をお兄さんに返すとき、『このちは　おぼち　すすち　まぢち　うるち（この針はぼやぼやした針、おんぼろ針、貧しい針、おろかな針）』と呪文を唱えて、手を後ろにする呪いをかけてみなさい」

さらにワタツミは、こう言いました。

「お兄さんが高所に田んぼを作ったら、あなたは低所に作りなさい。逆にお兄さんが低所に田んぼを作ったら、あなたは高所に作りなさい。私のほうで水の調節をしてあげますから、三年もすればお兄さんは貧乏になるでしょう。もしお兄さんがそのことを恨《うら》んで争いになったら、この潮満玉を使って溺《おぼ》れさせればいい。そこで許しを乞うてきたら、今度は潮乾玉を使って助けてあげなさい」

こうしてヤマサチヒコは、地上に戻ることになりました。

ヤマサチヒコは三年ぶりに会った兄・ウミサチヒコに、ワタツミに言われたとおりのやり方で釣り針を返すと、ウミサチヒコはどんどん貧しくなっていきました。するると兄は逆恨みして、ヤマサチヒコに襲いかかってきたのです。

そこで、潮満玉で満潮にしてウミサチヒコを溺れさせ、潮乾玉で干潮にしてウミサチヒコを助け出しました。

とうとうウミサチヒコは、ヤマサチヒコに謝りました。

「私は、これから昼夜を問わず、あなたをお守りする下僕《げぼく》となります」

それでウミサチヒコの子孫たちは、今でも満潮の水に溺れた苦しさを絶えず思い出しながら、ヤマサチヒコの子孫に仕えているのです。

オトナの古事記解説

ヤマサチヒコはワタツミの宮殿で「三年」を過ごした。この三年という年月もまた、「浦島太郎」が竜宮城に滞在した期間と同じである。

浦島太郎の物語の原型は、室町時代の短編物語『御伽草子《おとぎぞうし》』によると思われる。浦島太郎が亀を助けたことから始まる報恩物語だが、そのルーツは『古事記』の時代にまで遡《さかのぼ》る。

ヤマサチヒコが兄・ウミサチヒコに釣り針を返そうとするとき、ワタツミから教わった呪文を口にする。もはやこれは悪口を目の前で言うようなもので、戦争勃発である。

このヤマサチヒコがウミサチヒコを打ち負かす争いは、大和朝廷の先祖が、古代の九州・鹿児島において勢力を誇ったといわれる隼人《はやと》という海洋の一族を制圧したことを描いたものといわれている。

隼人は七世紀には大和朝廷の傘下にあったといわれ、もともと宮家と血縁者であったことは確かなようだ。

「絶対に見ないで」と言ったのに…

ヤマサチヒコのもとに、妻のトヨタマビメがワタツミの宮殿からやってきました。

「私はすでに妊娠していて、間もなく臨月です。これは天つ神の子どもなので、海ではなくて、陸で産むべきだと考えてやってまいりました」

こうして海辺の波打ち際に、鵜《う》の羽で造った産屋《うぶや》が建てられましたが、まだ屋根ができる前に陣痛が始まったのです。そのとき、トヨタマビメが言いました。

「どこの国の人も出産するときは、自分が生まれ育った国の体になって産むものです。ですから、私は元の体に戻って産みます。どうか小屋の中をのぞかないでください」

ところが、ヤマサチヒコは「そんなことが本当にあるのか？」と疑問に思い、出産するところをひそかにのぞいたのです。すると、そこには巨大なサメが、産みの苦しみのためにのたうち回っているのでした。びっくりしたヤマサチヒコは、恐れおののき、逃げ出します。

ヤマサチヒコに元の姿を知られたトヨタマビメは、恥ずかしそうに言いました。

「これからは海と陸を行き来したいと思っていたのですが、私の本来の姿を見られてしまった今は、もう恥ずかしくてできません」

そう言うと、トヨタマビメは子どもを置いて、海と陸の道を塞《ふさ》いで、海の国へ帰って行きました。

生まれた子どもは、アマツヒコヒコナギサタケウガ

ヤフキアエズノミコト（天津日高日子波限建鵜葺草葺不合命）と名付けられました。

ただワタツミの宮に帰ったあとも、ヤマサチヒコを恋しく思う心は変わらず、トヨタマビメはその気持ちを歌にしたためて、妹のタマヨリビメ（玉依毘売命）を遣わしてヤマサチヒコに渡してもらっていました。

その歌はこう詠まれています。

赤い玉は　それをつなぐ緒までも光って美しく見えますが　それにも増して白玉のようなあなたの姿は　とても清くご立派です

ヤマサチヒコも、これに答えて歌を詠みます。

沖の鳥　鴨《かも》がたくさんいる島で　私が添い寝したあなたのことは　永遠に忘れない

ヤマサチヒコは高千穂の宮に五八〇年の間住んでいましたが、その後亡くなり、高千穂の山の西に陵《みささぎ》が築かれました。

ヤマサチヒコの子ウガヤフキアエズは、育ての母であり、叔母でもあるタマヨリビメを娶《めと》りました。

生まれた皇子の名前は、イツセノミコト（五瀬命）、次にイナヒノミコト（稲氷命）、三番目にミケヌノミコト（御毛沼命）、最後に、のちに初代天皇の神武《じんむ》天皇となるカムヤマトイワレビコノミコト（神倭伊波礼毘古命）です。

このうち、ミケヌノミコトは海を越えて常世国《とこよのくに》へ渡りました。イナヒノミコトは母の国である海原に入りました。

オトナの古事記解説

トヨタマビメは鵜の羽を使って屋根を葺《ふ》いた小屋を建てて、そこで出産する。ニニギの妻のコノハナサクヤビメが出産するシーンでもそうだったように、昔の日本では出産のために産屋という小さな小屋が建てられた。そして出産が終わると壊したり、燃やしてしまったりしたようだ。これは出産の血が「けがれ」と考えられていたためらしい。

トヨタマビメは出産時に「見ないでほしい」と言い出す。別にサメの姿ではなくても、一般的な女心としてはありがちな感情といえるだろう。これに対してヤマサチヒコがのぞいてしまうというのは、『古事記』の中でも何度か出てくるパターンだ。「鶴の恩返し」などと同じく「禁室説話形式」と呼ばれている。

そしてのぞいて見えたものが人間ではなく、びっくり仰天するような姿のものであるというところが、人々を強烈にひきつける。

ヤマサチヒコとトヨタマビメの息子であるウガヤフキアエズはこの後、叔母のタマヨリビメと結ばれて、ついに初代天皇とされる神武《じんむ》天皇が生まれる。すなわち『古事記』の記述によれば、ヤマサチヒコは、初代天皇のおじいさんということになるわけだ。

ここで改めて整理すると、葦原中国で最初に国や神を生み始めたのは、イザナキとイザナミの夫婦だった。イザナミ亡きあと、イザナキの体から生まれたのがアマテラス、ツキヨミ、スサノオらのきょうだい。さらにアマテラスの孫のニニギが、地上に降りてコノハナサクヤビメに生ませたのが、ウミサチヒコ、ヤマサチヒコらのきょうだいで、ヤマサチヒコの孫が神武天皇ということになる。

すなわち天地創造のイザナミ、イザナキから仁徳天皇まで、わずか七代しかないのである。このわずかな時間の流れの間に、神から人間への進化が起こったとは考えにくい。だから神武天皇は、いまだ人間というよりも、神の領域にいたと考えられる。

このあとは、その神武天皇が大和朝廷の勢力拡大のため、東方へ進出する物語に移っていく。

神武天皇は、日向から東へ向かって進む

日向《ひむか》の高千穂ではカムヤマトイワレビコノミコト（神倭伊波礼毘古命＝神武天皇）が、同じ母を持つ兄のイツセノミコトと「この国を治めるには、どこへ行くのがよいのだろうか？」と話し合っていました。そして「東に行くのがよい」ということになります。

こうして二人が率いる軍勢は、豊国《とよくに》の宇沙《うさ》（大分県宇佐市）を経由して筑紫《つくし》に向かいました。筑紫の岡田宮に移動すると、ここで一年間過ごし、そこから東に移動して、安芸国《あきのくに》（広島県）の多祁理宮《たけりのみや》で七年間、また東に移って吉備国《きびのくに》（岡山県）の高島宮で八年間過ごします。

その後、吉備国から出て東に向かって、明石海峡で船を進め、浪速《なみはや》（大阪府）を経て、白肩津《しろかたつ》という港に船をつけると、ここにトミノナガスネビコ（登美能那賀須泥毘古）という者の軍勢が、イワレビコ一行を迎え撃つ準備をしていました。船で盾を用意したことから、この地は盾津《たてつ》と名付けられました。

戦闘が始まると、イツセは矢を手に受けて負傷してしまいます。

「我々は日の神の子孫なのだから、日に向かって戦うことがよくないのだ。そのた

め卑しい奴のために痛手を負ってしまった。回り込んで、日を後ろに背負う形にして戦おう」

そうしてイワレビコの軍勢は、南のほうに回り込んで、海に出ます。ここでイツセは、傷ついた手を洗い清めました。流れた血で海が真っ赤に染まったため、ここを血沼《ちぬ》の海と呼ぶようになりました。

紀伊国（和歌山県）に来ると、イツセは「卑しいヤツにやられて死んでしまうのか！」と大声を上げ、負傷がもとで死んでしまいました。その水戸《みなと》は「男《お》の水戸」と名付けられました。

オトナの古事記解説

イワレビコは、四世紀末から五世紀前半に実在したと見られる大和政権の初代天皇＝神武天皇の和風諡号《しごう》（高貴な人の死後の贈り名）だ。

この章では、九州に起源を持つ大和朝廷が東方へ進出していく「神武東征」の物語を語っている。

物語の中には、ヤマサチヒコがシオツチカミの進言によって海神の宮を尋ねるというシーンや、アマテラスの孫のニニギが地上に降りてくる天孫降臨のシーンとそっくりの描写がある。そんなことから、神武東征は、これらの伝説を大和政権と結びつけるために作られた物語とも見られている。

さて、『古事記』の記述によると、東征は船で行われた。往時の大阪は今日想像される以上に水路が発達し、船運が盛んだったことがうかがわれる。

物語の中では、東征に伴って「盾津」「血沼の海」「男の水戸」という地名が生まれたことが紹介されている。もちろんこれらの地名のほうが先にあり、名称のいわれはあとでこじつけられたものだろう。

大ピンチに、天から太刀と八咫烏が来た

イワレビコ（神武天皇）は、兄イッセの死にもめげずに熊野に向かいます。そのとき、大きな熊がふいに現れたかと思うと、すぐに姿を消しました。それを見たイワレビコはたちまち病に襲われ、その軍隊もすべて病に倒れてしまったのです。

そのとき、熊野のタカクラジ（高倉下）という者が、倒れているイワレビコのもとに来て一振りの刀剣を差し出します。イワレビコはすぐ目を覚まし、「長い間寝てしまったな」と言いました。

イワレビコがその刀剣を手にすると、熊野の荒ぶる神々は手をくだすまでもなくひとりでに切り倒されていったのです。また、倒れていたイワレビコの軍は、みな目覚めて起き出したのでした。

イワレビコはタカクラジに、「どうしてこの剣を得ることができたのか」と問いただします。するとタカクラジは、夢を見たのだと語り始めました。

「アマテラス様とタカミムスヒノカミ様が、タケミカヅチを呼び出して、『葦原中国が騒がしい様子です。私の子孫たちが苦しんでいるように見えます。もう一度降りて行って、子孫を助けてやってください』と申されました。するとタケミカヅチが、『私がまた降りて行かなくても、国を治めたこの太刀《たち》さえ行かせれば事足りるでしょう』と言われます。そして、その太刀を『タカクラジの倉の屋根に穴を開け、そこから落とし入れるのがよい』と言われました。そして『タカクラジよ、目が覚めたら倉の中の太刀を天つ神の御子に差し上げなさい』とおっしゃったのです。この夢の教えのままに倉を見たら、本当に太刀が一振り置かれていたので、その太刀を献上したというわけです」

こんなふうにタカクラジが夢に見たことをイワレビコに話していると、タカミムスヒノカミの声がどこからともなく聞こえてきました。

「天つ神の御子よ、ここから奥へは入ってはなりません。乱暴な神がひしめき合っていて危険です。天から八《や》咫烏《たがらす》を遣わしましょう。必ずそれが導いてくれるはずです。その飛ぶ方向をたどって行くだけでよいでしょう」

その言葉通り八咫烏がやってきて、イワレビコの軍を導いてくれます。そのあとをたどっていくと、国つ神のニエモツノコ（贄持之子）、イヒカ（井氷鹿）、イワオシワクノコ（石押分之子）という国つ神の応援団も加わりました。

さらに山を踏み越えて宇陀《うだ》に到着すると、エウカシ（兄宇迦斯）・オトウカシ（弟宇迦斯）という兄弟がいました。イワレビコはまず八咫烏を使者として遣わして、この兄弟に「天つ神の御子にお仕えするか？」と尋ねさせました。ところがエウカシは八咫烏を追い払い、イワレビコの軍を迎え撃とうと準備を始めます。

エウカシは、いったん白旗を掲げて屈服したかのように見せかけて、イワレビコを暗殺しようと謀《はか》りました。大きな御殿を献上すると持ちかけて、中に入ると押しつぶされる仕掛けを作っておいて、イワレビコをそこへ誘い込もうと待っていたのです。

ところが弟のオトウカシが先回りして、イワレビコのところへ行って「エウカシがあなたを殺そうとしています」と兄の企みを暴露してしまいました。そこで、イワレビコに仕えるミチノオミノミコト（道臣命）とオオクメノミコト（大久米命）の二人はエウカシを呼び出します。

「お前が献上するといっていた御殿の中に、まず自分で入って、お仕えするということを証明しなさい」

こうしてエウカシは、イワレビコの兵士に囲まれながら御殿の中に無理やり入れられて、自分で作った仕掛けに引っかかって押しつぶされ、死んでしまいました。ミチノオミとオオクメは、すぐにエウカシの死体を引きずり出して、八つ裂きに切り刻みます。

一方、弟のオトウカシはご馳走を用意してイワレビコとその軍隊に捧げました。イワレビコは勝利の歌を歌い、上機嫌でした。

オトナの古事記解説

九州から近畿地方の「東征」を目指す神武天皇が、いったん南方の熊野村に向かったのは、この地の海のかなたから、穀物の恵みをもたらす神が現れるという伝説があったからとされる。

タケミカヅチは、アマテラスが出雲を支配していたオオクニヌシに国譲りを迫るときに送り込んだ神だ。

もともとはイザナキが妻イザナミの命を奪った息子ヒノカグツチを怒りに任せて叩き斬った剣の先から生まれた神様だから、アマテラスからずっと軍事顧問にされている。古くから霊剣が邪気を払うという信仰もあった。

八咫烏は「大きなカラス」のことであり、古くは神の使いとされていた。熊野三山にはカラスの信仰があり、熊野神社のお札にはカラスの絵が刷られている。

イツセは「卑しいやつのために痛手を負った」と嘆きながら死んだ（130頁）。また、イワレビコの行軍は山奥で「尾の生えた人」、すなわち「猿のような人間」と出会ったという。

いうまでもなく『古事記』には、天皇や朝廷に従順な者は正しく高貴な存在であり、そうでないものは悪であり、卑しい存在であると考える差別思想が底流にあったことは疑えない。

東征の締めくくりに豪華な橿原宮を建設

イワレビコはさらに先に進み、忍坂《おさか》にある大きな洞窟《どうくつ》に到着します。そこには凶暴な土蜘蛛《つちぐも》という部族がひしめき合い、待ち構えていました。

そこで、イワレビコの指令により彼らをまずは歓待し、ご馳走を振る舞ったのです。その一人一人に接待役を付け、その接待役には剣を隠し持たせます。接待役にはこう教えていました。

「歌が聞こえたら、間髪入れずに斬りかかれ」

宴もたけなわになった頃、イワレビコはこの土蜘蛛を撃つため「今こそが絶好の機会だ」という合図の歌を歌ったのです。

この歌を聞いた接待役は一斉に刀を抜いて襲い掛かり、あっというまに土蜘蛛は全滅しました。

そうしてこの東征では、中国地方から関西に上陸したときに不意打ちを食ったトミノナガスネビコも蹴散らします。

こうして、反抗する国つ神をすべて平定したあと、神武天皇のもとにニギハヤヒノミコト（邇藝速日命）がやってきます。

「天つ神の御子が天下りされたと聞きました。そこで私も、あとから追いかけて、天降ってまいりました」

こう述べて自らの宝である天つ神の印を差し上げて、イワレビコの家来となりました。

そしてニギハヤヒは、トミノナガスネビコの妹・トミヤスビメ（登美夜須毘売）と結婚して、ウマシマヂノミコト（宇摩志麻遅命）をもうけました。このウマシマヂは、のちに豪族となった物部氏《もののべうじ》などの祖に当たります。

東征を完成させたイワレビコは、大和に根を張り、畝傍《うねび》の橿原宮《かしはらのみや》で天下を治めることになりました。

オトナの古事記解説

イワレビコ軍団が土蜘蛛《つちぐも》を撃ち倒した忍坂は、「大阪」ではなくて奈良県桜井市忍坂であり、飛鳥の地にかなり迫った場所である。また「土蜘蛛」とは、大和朝廷に従わなかった氏族をさげすんだ表現と考えられる。洞窟が住まいだったわけでもなさそうだ。

土蜘蛛を攻略するために、イワレビコ自身の命令で接待して酔わせた上で襲いかかるという手を使った。

大和朝廷は、けっして「勧善懲悪」をテーマに縄張りを広げていったわけではなく、むしろだまし討ち、不意打ちが当たり前のこととして行われていたことがうかがえる。古代日本には「卑怯《ひきょう》」という価値観さえなかったのではないかと思えるほどだ。

エウカシとオトウカシの兄弟は、「悪の兄」と「正義の弟」として描かれている。大和朝廷に対する態度が「悪」と「正義」を分けていたのだ。

便器の中から神の矢に狙われる?!

イワレビコがまだ日向にいたとき、阿多《あた》の小椅《おばし》の君の妹・アヒラヒメ（阿比良比売）を妻として、タギシミミノミコト（多芸志美美命）、次にキスミミノミコト（岐須美美命）の二皇子をもうけています。

それでもイワレビコは、君主の妻としてふさわしい美しい女性をさらに探してい

ました。すると、お伴としてついているオオクメノミコト（大久米命）が、

「ここに美しい乙女がいます。この乙女をみんな『神の御子』と呼んでいます。彼女が神の御子といわれる理由をお話ししましょう」

と言います。さらにこう続けました。

「三島（大阪府茨木市付近）にセヤダタラヒメ（勢夜陀多良比売）という乙女がいました。それはそれは見目麗しい乙女です。この乙女を美和（ミワ＝三輪）のオオモノヌシノカミ（大物主神）が気に入り、大便をしているときに、丹塗矢《にぬりや》（丹を塗った赤い矢）に変身して、その便所の水が流れる溝《どぶ》の中に隠れて、乙女の陰部を突きました。乙女は『キャーッ』と悲鳴をあげて走り回りました。

すぐにそのきれいな矢を手にして床《とこ》に置くと、矢はたちまち美男子に姿を変えました。その美男子が乙女を娶って生まれた子どもがホトタタライススキヒメ（富登多多良伊須須岐比売）で、別名をヒメタタライスケヨリヒメ（比売多多良伊須気余理比売）といいます。別名を作ったのは、ホト（＝陰部）という名前を嫌ったからです。

そういうわけで、イスケヨリヒメは神の御子というのです」

それからしばらくのち、七人の乙女が高佐士野《たかさじの》に遊びに行きました。その中にはイスケヨリヒメがいます。

そのとき、オオクメがイスケヨリヒメを見て、「七人の乙女のうちの誰と共寝《ともね》をしますか?」と歌でイワレビコに問いかけました。

イワレビコは「ともかく、一番先に立っている年上の乙女と共寝しよう」と、歌で答えます。

オオクメが、このことをイスケヨリヒメに伝えます。するとイスケヨリヒメは、そのオオクメの入れ墨をした大きな目を見て、「あなたはどうして裂けた鋭い目をしているの?」と歌いました。オオクメは「お嬢さんにただ会いたくて、この目にしているのです」と答えます。

こうした仲介者を挟んでのやりとりの末に、イスケヨリヒメは天皇であるイワレビコに「仕えます」と答えたのでした。

イスケヨリヒメの家は、狭井河《さいがわ》のほとりにある小さな小屋でした。イワレビコはこの小屋に出かけて、一夜を共にしました。このとき、歌を詠んでいます。

　葦原の粗末な小屋にスゲで作った畳を敷いて　僕らは二人で寝たね

この夜のまぐわいで、ヒコヤイノミコト（日子八井命）、カムヤイミミノミコト（神八井耳命）、カムヌナカワミミノミコト（神沼河耳命）の三兄弟が生まれました。

公務員や学校教師、警察官などの「堅い職業」に就いている人たちが、女性用トイレに隠しビデオを仕掛けて摘発されたという事件をしばしば耳にする。「よりによってあの人が」と思うような御仁が、トイレののぞきという性犯罪をしでかしたりするのだ。

『古事記』のこの話では、あろうことかオオモノヌシという神様がトイレに潜み、セヤダタラヒメという絶世の美女が用を足すシーンを狙っていたのである。さらにあろうことか、そのまま美女の女陰に、あるモノを「突き立てて」しまった。

のちにイワレビコ、すなわち神武天皇の妻となるイスケヨリヒメは、このオオモノヌシの痴漢行為↓レイプの末に生まれた娘ということになる。

オオモノヌシはセヤダタラヒメに限らず、女性の隙を突いて妊娠させるという行為を繰り返している。美男子だったらしいが、とはいえ、用足し中の女性をいきなり襲うなんてことが神の行為として許されるのだろうか……。

さて、女性器を意味する「ホト（＝ほと）」という言葉がここでも登場している。イスケヨリの元の名前であるホトタタライススキヒメは、考えてみると「ホトに矢を立てて（タタラ）慌てふためいた（イススキ）姫」という意味になる。「ずいぶんな名前だ」というので、ホトを外したということだが、ヒメも隠語ではホトを意味するので、たいして変わっていない。

さて、イワレビコは、乙女たちのピクニックでガードマン役のオオクメから、神の子だと知らされたイスケヨリヒメに注目する。

そのオオクメは顔に刺青《しせい》を入れていた。古代の戦闘集団は敵を威嚇《いかく》するために入れ墨を用いていたらしい。

彼女はその入れ墨にとても関心を抱き、それがイワレビコのアピールを受け入れるきっかけになった。古代の若い女性の好奇心の強さは、現代女性たちと変わらなかったようだ。

義母を娶って皇位を狙ったタギシミミ

イスケヨリヒメを娶った神武天皇（イワレビコ）も、時を経てついに崩御の時が訪れました。すると、天皇が日向にいた頃の妻との子であるタギシミミノミコト（多芸志美美命）が、彼にとっては継母となるイスケヨリヒメを娶ったのです。このときタギシミミは、イスケヨリヒメが産んだ義理の弟たちを抹殺して皇位を得ようと謀《はか》っていたのでした。

　このタギシミミの策略を知ったイスケヨリヒメはたいそう思い悩んで、自分の三人の子どもたちに「嵐がやってこようとしているよ」「木の葉がざわざわ音を立てている」と警告する歌を作りました。

　こうした歌を聞いてタギシミミの策謀を知ったイスケヨリヒメの三人の子どもたちは驚き、すぐにタギシミミの暗殺を企てました。末弟のカムヌナカワミミノミコト（神沼河耳命）が、次兄のカムヤイミミノミコト（神八井耳命）に言いました。

「兄上、太刀を持って部屋に忍び込んで、タギシミミを殺《や》ってしまってください」

　そこで、カムヤイミミは太刀を手に部屋に忍び込み、タギシミミを殺そうと思いましたが、いざとなると手足がぶるぶる震えて実行できません。

　すると、それを見ていたカムヌナカワミミが部屋に

上がり込み、兄の手から太刀を取り上げて、ためらいもなくタギシミミを殺しました。そうして、この勇ましい振る舞いを称《たた》えて、カム（神）をタケ（建）に替え、名をタケヌナカワミミというようになりました。

このことでカムヤイミミは、弟のタケヌナカワミミに「お前が天皇となり、天下を治めなさい」と申し出ました。

そのため、タケヌナカワミミが即位して、第二代・綏靖《すいぜい》天皇となります。カムヤイミミは神を祀る仕事に就きました。

オトナの古事記解説

古代では、父親が死ぬとその子が生母以外の父親の妻と結婚して、父親の地位を手に入れるという例は珍しくなかった。

タギシミミは神武天皇の長兄なのだから、現代の一般の感覚では後継のトップに位置するはずだが、古代日本の九州などでは「末子相続」という制度が採用されていた。

タギシミミは「このままでは天皇になれない」という焦りから、クーデターを試みたのだろう。が、イスケヨリヒメの我が子を思う気持ちの強さには勝てなかったということになるのだろうか。

結果的に、いちばん年下のタケヌナカワミミ（カムヌナカワミミ）の「末子相続」が実現したわけだ。

五章

◉「崇神天皇の夢見」から「ヤマトタケルの死」まで

伝説的英雄による征討は「女の力」があってこそ

神様が毎晩、床までやってくる

第一〇代崇神《すじん》天皇の時代に疫病が大流行して、世の人々は死に絶えようとしていました。天皇は憂いと嘆きの中、神牀《かんどこ》でどうすればよいかと神へおうかがいを立てようとしました。

ある夜、オオモノヌシノカミ（大物主神）が夢に現れて話します。

「疫病は私の意思によるものである。オオタタネコノミコト（意富多多泥古命）という者に私を祀《まつ》るようにさせれば、たたりは止まり、国は平安になるだろう」

そこで崇神天皇は早馬を全国に放って、必死にオオタタネコを探します。すると、河内国《かわちのくに》（大阪府）の美努村《みのむら》というところで見つかりました。天皇はすぐに呼び出して尋ねます。

「お前は誰の子だ？」

「私はオオモノヌシが、イクタマヨリビメ（活玉依毘売）を妻として生まれたクシミカタノミコト（櫛御方命）という名の子の、さらにその子のイイカタスミノミコト（飯肩巣見命）、さらにその子のタケミカヅチノミコト（建甕槌命）の子で、オオタタネコと申します」

崇神天皇は夢のお告げに出てきた者だと知り、大変喜んで言いました。

「これで天下は安らかになり、人々は栄えるだろう」

こうしてオオタタネコを神主として、三輪山にオオモノヌシの魂をお祀りしたのです。その後、崇神天皇はさまざまに天つ神、国つ神を祀り、宇陀《うだ》や大坂の神々も祀り上げました。

オオタタネコは自ら、オオモノヌシがイクタマヨリビメを娶《めと》ってできた子の末裔《まつえい》であると語っています。このことから、オオタタネコが神の子であることがわかったわけですが、話はその祖先のイクタマヨリビメのことになります。

彼女は、それはそれは姿形が美しい娘でした。そこに、一人の男がいて、こちらもその姿、形、身振り、態度はやはり他の男と比べようがないほど美しかったといいます。

その美男子が毎晩、イクタマヨリビメの寝床に風のようにやってきて、お互い好きになって交わるようになりました。そのうち彼女は妊娠します。

両親は、未婚の娘のお腹が大きくなったのを不審に思い、問いただします。

「お前はいつのまにかお腹が大きくなっている。夫もいないのにどういうことだ?」

「名前は知りませんが、とても美しい男性がいて、毎晩やってきます。寝所を共にしている間に、自然にお腹が大きくなりました」

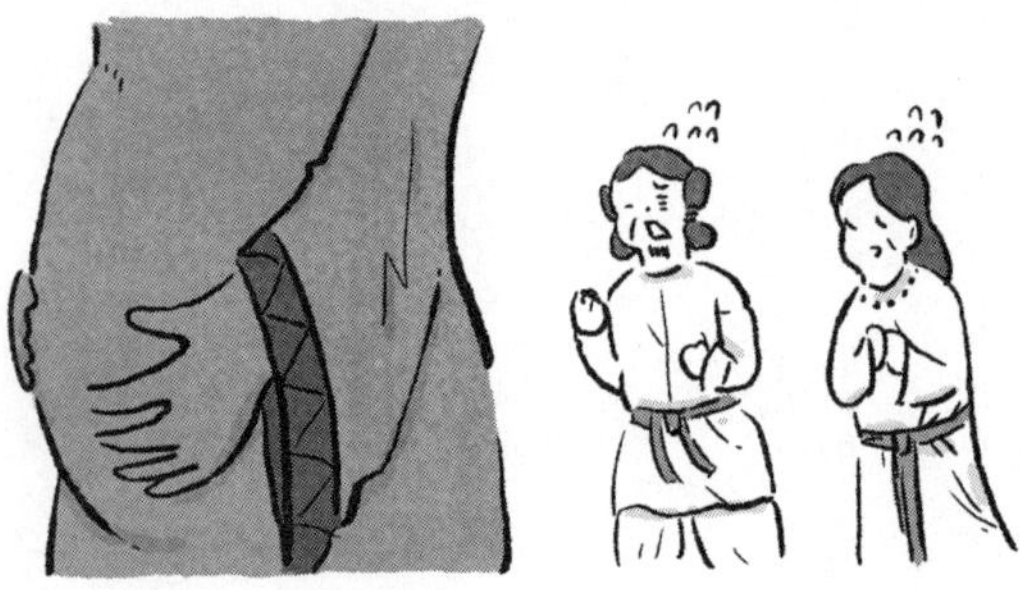

両親は、相手の男の正体を知りたいと思い、娘にこう指示します。

「赤土を寝所にまき散らし、輪に巻いた麻の糸に針を付けて、その針を男の衣《ころも》の裾《すそ》に差しておきなさい」

翌朝見てみると、針を付けた麻糸は、寝所の鍵穴を通って、わずか三巻（三輪）の麻糸が残っているのみでした。さらに糸をたどっていくと三輪山の神殿にたどり着きました。こうして、お腹にいるのが神の子だとわかったのです。

この三輪の糸を残したというエピソードから、この地は「美和」と呼ばれるようになりました。

オトナの古事記解説

崇神天皇の時代に流行していた疫病は、おそらく天然痘《てんねんとう》と考えられる。医療の発達していなかった古代では、病気治療は祈禱《きとう》や呪術に頼るしかなかった。古代の天皇は、それを取り仕切るシャーマンでもあったのだ。

シャーマンは神牀《かんどこ》といわれる神聖な場に座り続けて神のお告げを待つのだが、崇神天皇の夢の中に現れたのは、オオモノヌシという神様だった。オオモノヌシは、「疫病が流行しているのは、自分を崇《あが》めないゆえのたたりだから、オオタタネコという者を探して自分をちゃんと祀らせよ」と指示する。シャーマンは、このように夢で見たことを語り「お告げ」とすることが多かったらしい。

オオモノヌシは、かつてトイレで用足し中の美女の陰部を狙って妊娠させ、のちに神武天皇の皇后となるイスケヨリヒメを産ませている。そしてオオタタネコも、オオモノヌシが眠っている美女のもとに毎日出没して産ませた子の末裔、すなわち「神の子」であることがわかってきた。

美女に目がなくて次々にモノにしてしまうところは、かつて出雲を支配したオオクニヌシとそっくりだ。そこで、オオモノヌシはオオクニヌシの「分身」という見方もある。オオクニヌシが神として鎮座する大和の三輪山の名が、自分が残した三輪の麻糸に由来するなど、ともかく自己アピールの強い神様らしい。

禁断の恋! 愛妻を奪われた垂仁天皇

崇神天皇の子である第一一代垂仁《すいにん》天皇は、第九代開化《かいか》天皇の孫のサオビメノミコト(沙本毘売命)という女性と結婚し、皇后にしました。ところがある日、サオビメの兄サオビコノミコ(狭本毘古王)が、妹にこう尋ねたのです。

「お前は、夫である天皇と私と、どちらを愛しているのだ?」

するとあろうことかサオビメは、こう打ち明けたのでした。

「兄さんのほうを愛しています」

ここでサオビコは、自らの企みを明らかにします。

「妹よ、本当に私のことを愛しいと思っているなら、二人で天下を取ろう」

そして紐飾りのついた鋭い小刀を手渡して、「これで天皇の眠っている隙に刺してしまえ」と命じたのでした。サオビメは驚きましたが、愛しい兄の頼みを断ることはできません。

垂仁天皇はそんな妻と義兄の企みを知るよしもなく、いつものように愛しい妻の膝枕で昼寝をしていました。サオビメは兄から渡された小刀を取り出し、兄の命令どおり天皇の首を刺そうとします。三たび小刀を振り上げますが、どうしても刺すことができません。思わず涙がこぼれ落ちます。

すると、その涙が天皇の顔にポトリと落ちたので、天皇は「何事か!」と、目を覚まします。

「今、私は不思議な夢を見た。急に激しい雨が降ってきて私の顔を濡らしたのだ。そして、錦色の小さな蛇が首にまとわりついてきた。これにはどんな意味があるのだろうか?」

サオビメは天皇がこの謀略を見抜いているのだと感じ、すべてを打ち明けました。そして「小刀を振り下ろそうとしたとき、あなた様への愛しさがこみ上げてそれができず、涙があふれてあなた様のお顔を濡らしてしまったのです」と言ったのです。

垂仁天皇は自分の危機を知ると、「もう少しでそなたに欺《あざむ》かれるところだったのか」と口走り、すぐに「サオビコを討たねば」と、兵を集めました。これに対応してサオビコも自分の城に立てこもり、戦いが始まったのでした。

するとサオビメの中に、今度は「お兄さんがかわいそう」という気持ちが湧き出てきます。御所の後ろの門を抜け出すと、兄の立てこもる稲城《いなぎ》に行きました。このとき、サオビメは妊娠していたのです。

垂仁天皇はサオビメの裏切りを知ったものの、妻が自分の子を宿していることや、数多い女性の中でもとりわけ妻を愛していたことなどを思うと、どうしてもサオビメをそのままにしてサオビコのいる城を攻めることはできません。

何か月か過ぎるうち、サオビメは男の子を出産します。サオビメはその子を城の外に置くと、天皇側の使者にこう伝えました。

「この子をご自分の御子とお思いになるなら、引き取って育ててあげてください」

天皇は妻への愛しい気持ちは捨てることができません。そこで城の外に置かれたわが子を引き取ることはせず、使いの者に「あとで受け取りに行く」と言うように申しつけ、一方で引き渡しの際にサオビメも一緒に取り戻そうと考えます。そして兵士の中から、力が強く、身のこなしの素早い者を選んでこう指示します。

「子どもと一緒に、その子を抱いている母親も連れてこい。髪の毛でも、手でもつかめるものはひっつかんで、外に引きずり出せ」

ところがサオビメも天皇の心を読んでおり、天皇に連れ去られないよう工夫をしていたのです。前もって自分の髪の毛をすっかり切り落とし、その切った髪の毛で作ったかつらをかぶっていました。また、玉をつないだ紐や着物を腐らせていました。こうしてサオビメは子どもを抱き、サオビコの居城の外に出たのです。

垂仁天皇から選ばれた兵士たちは、子どもを受け取ると、すぐに母親のほうも捕まえようとしました。しかし、その髪をつかむと、かつらがスポッと抜けて逃がしてしまいます。手を握れば玉の紐が切れて散り落ちてしまい、着物をとらえればすぐにぼろぼろに破れてしまうのです。こうしてとうとう、サオビメを取り逃がしてしまいました。

わが子は連れ戻しましたがサオビメは稲城の中に帰ってしまい、とうとう天皇は稲城に火をかけさせました。しかし天皇はサオビメを諦められず、何度も使者を送ります。

「普通、子どもには母親が名前を付けるが、この子は何と名付けたらいいだろうか？」

サオビメが返事を寄こしました。

「城が火に焼かれているときに、炎の中で生まれたので、ホムチワケノミコト（本牟智和気命）がよいと思います」

「どのように育てればよいかな？」

「乳母をつけて、産湯を使わせる大湯坐《おおゆえ》、若湯坐《わかゆえ》の役を定めてください」

「お前が帰ってこないならば、今度から、誰が添い寝してくれるんだ！」

「丹波国（京都府）のヒコタタスミチノウシオノミコ（比古多多須美知能宇斯王）のところに、エヒメ（兄比売）・オトヒメ（弟比売）という二人の娘がいます。忠実な公民ですので、お使いになるとよいでしょう」

こうまで言っても妻が戻らないことを知った垂仁天皇は、ついに兵を攻め込ませてサオビコを殺します。サオビメも兄と運命を共にすることになりました。

オトナの古事記解説

古代、祭政を取り仕切る兄妹の絆《きずな》は、夫婦関係にある男女の絆にも匹敵するほど強かった。サオビメはそうした社会の板挟みになった女性として描かれている。もちろん、サオビメと兄サオビコが必ずしも肉体関係にあったということではなく、それくらい古代人は肉親という〝血の結束〟に強く支配されていたことになる。

前述したように、天皇はシャーマンの役割を持つ。垂仁天皇がサオビメの膝枕で昼寝をしていたというのは、夢で神のお告げを聞こうとしていたものだろう。そしてまさに自分の命の危機を知ることになった。

さて、天皇の軍を差し向けられてサオビコが立てこもった稲城というのは、矢や敵の侵入を防ぐために稲穂を積み重ねて作った即席の城砦《じょうさい》と考えられる。サオビメは皇后という地位を捨てて、しかも天皇の子を身ごもっている身でありながら、そんな窮状にある兄のもとに駆け込む。

一方、垂仁天皇はそんなサオビメを捨て去ることができず、あらゆる策を講じて奪還しようと試みる。奪還に失敗したあともサオビメに、息子のホムチワケの育児法や、後添えを誰にするかまで相談するという執着ぶりだ。この物語は、女心の不条理、男心の未練を描きたかったのかもしれない。

天皇の命で不老不死の木の実を見つけたが…

サオビメ亡きあと、しばらくはシングルファザーとして子どもの養育に集中していた垂仁天皇は、サオビメの後添え探しを始めます。

まずサオビメが指名したように、丹波国のヒコタタスミチノウシの娘たちを宮中に呼び寄せました。しかし実際には四人の娘がおり、ヒバスヒメ（比婆須比売・兄比売）、オトヒメ（弟比売）、その妹のウタコリヒメ（歌凝比売）、マトノヒメ（円野比売）でした。

このうち、ウタコリヒメとマトノヒメはとても不美人だというので、故郷の丹波に送り返してしまいます。マトノヒメは大いに傷つきました。

「同じ姉妹同士の中で、私の容姿が気に入らないというので大君のもとから返されてしまいました。これが田舎の者たちの噂《うわさ》になることはとても恥ずかしく、耐えられません」

こう言ってマトノヒメは、丹波への帰途の山城《やましろ》国の相楽《さがらか》で自殺を図ります。木の枝に首をかけて死のうとしたので、その地は懸木《さがりき》と呼ばれるようになり、現在では相楽（京都府相楽郡）と呼ばれています。

ところがそこでは死にきれずに、相楽から北に進んで行きました。結局、そこで深い淵《ふち》に落ちて亡くなってしまったのです。

そのため、その地は堕国《おちくに》と呼ばれるようになり、今は弟国《おとくに》（京都府乙訓郡《おとくにぐん》）となりました。

さて、垂仁天皇はあるとき、三宅氏の祖先にあたるタジマモリ（多遅麻毛理）を常世の国に遣わし、永遠の命を得ることができるといわれる「トキジクノカクノ木の実」を探させました。タジマモリはようやく海の向こうの常世国《とこよのくに》にたどり着き、この木の実を取って葉付きのものを八本、葉の無いものを八本、持ち帰ってきました。

しかし、都に帰ってみると垂仁天皇は亡くなっていたのです。

そこでタジマモリは、持ち返った木の実の半分、すなわち葉付きのものと葉の無いものを四本ずつ、皇后

に差し上げました。そして、残り半分を天皇の墓の入り口に置いて、その木の実を手に捧げます。

「常世の国の、トキジクノカクノ木の実をお持ちいたしました」

そうして泣き叫び、ついにタジマモリ自身が亡くなりました。

オトナの古事記解説

垂仁天皇がタジマモリに探させたトキジクノカクノ木の実の「トキジク」は「時じし（時がない）」という形容詞を名詞化して生まれた言葉。すなわち、「いつまでも新鮮で輝いている木の実」という意味の名称だ。

その正体は「タチバナ（橘）」の実とされている。古代中国では仙人に永久不滅の生命があると考えられ、その「神仙思想」の影響を受けたエピソードだと考えられる。七〜九世紀頃の日本の天皇たちも、神仙思想に由来する「仙薬」を盛んに求めたらしい。

タジマモリが訪ねた「常世国」は、四章の項（127頁）では「あの世」の意味で登場していたが、ここでは、天皇の命令で仙薬を求めて使者が訪れたであろう中国を指すのではないだろうか。

垂仁天皇の次に即位したのが、ヒバスヒメとの子である第一二代・景行《けいこう》天皇。この天皇の八〇にも及ぶ子どもたちの一人が、ヤマトタケルノミコト（倭建命）だ。こいよいよヤマトタケルの物語に移っていく。

ヤマトタケル、兄の手足をへし折って殺害！

垂仁天皇の子である第一二代景行天皇は、纏向《まきむく》の日代宮《ひしろのみや》（奈良県桜井市）に住み、名前が記録されているだけで二一人の子ども、名前の記録のない子どもが五九人の、合わせて八〇人の子どもがいました。

名前のわかっている子どもの中で、ワカタラシヒコとヤマトタケルとイホキイイリヒコの三人は「日継《ひつ》ぎの御子《みこ》（皇太子）」の名を負っています。ワカタラシヒコは一三代成務《せいむ》天皇として天下を治め、ヤマトタケルは東西の暴れる神々や朝廷に服従しない者たちを平定させていきました。それ以外の七七人の子どもたちは、ことごとく国々の国造《くにのみやつこ》や県主《あがたぬし》として支配を分担しました。

さて、景行天皇はすでにたくさんの妃や子どもがいましたが、あるとき、美濃《みの》（岐阜県）を治める大根王《おおねのみこと》の娘エヒメ（兄比売）とオトヒメ（弟比売）という二人の娘が、とても美人だということを伝え聞きます。そこで、皇子のオオウスノミコト（大碓命）を遣わして、宮中に呼ぼうとしました。

しかしオオウスは、この美人姉妹に一目惚れしてしまいます。結局、景行天皇に差し出さずに自分のものとし、別の二人の女性を用意して「これがエヒメとオトヒメです」と偽って、景行天皇に献上したのです。

景行天皇はオオウスの企みに気づきましたが、何も言いません。ですが、オオウスが差し出した二人の女性を近づけようとはせず、この女性たちを悩ませました。

しばらくして景行天皇は、オオウスと母親が同じ兄弟の弟であるオウスノミコト（小碓命）に、

「なぜかお前の兄、オオウスは朝夕の食事に出てこない。これは宮中の大切な儀式だから、出席するように教え諭してくれないか」

と申しつけました。ところがそれから五日を経ても、オオウスは食事に出てきません。不思議に思った景行天皇は、オウスに尋ねます。

「オオウスは相変わらず食事に出てこない。もしかしてお前は、まだ教え諭してないのか？」

しかし、オウスは「すでによく言っておきました」と申します。

「どんなふうに教え諭したんだね」と聞くと、その答えは天皇が仰天するようなものでした。

「朝、オオウス兄さんが便所に入ろうとするときを待ち構えて、その手足をへし折って、むしろにくるんで投げ棄てました」

景行天皇は、息子の残虐な行為に震え上がったことでしょう。この凶暴な皇子・オウスこそ、のちのヤマトタケルです。

オトナの古事記解説

『古事記』の中で最も有名な人物ともいえる、ヤマトタケルの登場だ。生まれてから死ぬまでの一生を描かれている人物（神物？）は『古事記』の中で、唯一ヤマトタケル一人なのである。

もしこのヤマトタケルが実在の人物だとすれば、四世紀頃に一二代景行天皇の子どもとして生まれた計算になる。幼い頃の名前はオウス（小碓命）で、オオウス（大碓命）という双子の兄がいた。

ヤマトタケルのことは『日本書記』にも記述されているが、『古事記』とはだいぶ扱いが異なっているのが興味深い。『古事記』での表記は「倭建命」で、〝倭〟の文字は「矮小《わいしょう》」とか「卑屈」といった意味につながる。そして、父の天皇から煙たがられる存在として描かれている。

一方、『日本書紀』では「日本武尊」と表記され、より英雄、偉人的な存在として扱われている。父の前でとても「いい子」になりきって、日本中を平定した功績が描かれているのである。

『古事記』に描かれた景行天皇とヤマトタケルの関係は、しばしば現代の父子関係にも相通じるような対立的な関係だといえよう。父が「兄を教え諭せよ」と言ったことをとらえて、息子のヤマトタケルはバラバラ殺人をしでかしてしまう。

ちょっとした言葉の行き違いから、重大な事件に発展しうることもあるという現代社会にとっても痛烈な警告が放たれているのではないだろうか。

クマソタケルをお尻からグサリ！

我が子の荒々しい心を見て取った景行天皇は、オウスを遠くに退《しりぞ》けたく思い、オウスにこう命じます。

「西方にクマソタケル（熊曾建）の兄弟がいる。朝廷に服従しないけしからん男たちだから、命を奪って彼の地を平定してこい」

このとき、オウスはまだ髪も額のところで結った少年の髪型でした。出発に先立って、叔母（景行天皇の妹）のヤマトヒメノミコト（倭比売命）の衣装をもらい受け、剣を懐《ふところ》に入れて準備をします。

オウスがクマソタケルの家の近くに着いて様子をうかがっていると、軍勢が三重に囲んでいる中で、家の新築祝いの準備をしています。大騒ぎしながら飲み食いの準備が整えられていたので、オウスはその周辺を歩き回って、時機が到来するのを待っていました。

祝いの日がやってくると、オウスは髪を少女のようにお下げ髪にし、ヤマトヒメの衣装をまとって女装し、女性たちに混ざって家の中に入っていきます。クマソタケルの兄弟はその少女（オウス）を見初めて「お嬢さん、こちらへ来なさい」と、自分たちの真ん中に侍《はべ》らせ、いっそう機嫌がよくなりました。

宴もたけなわになった頃、オウスはいきなり懐から剣を出して、兄のほうの着物の衿《えり》をつかんで、胸に剣をグサッと突き刺します。それは見事に背中まで貫通しました。弟はそれを見て、恐れおののき逃げ出します。しかしオウスはすぐに追いつめ、その背中の皮をひっつかんで、剣をお尻からグサリ！

「ギャーッ！　参った。しばらくその剣を抜かないでくれ。抜いたらすぐ死んでしまう。話を聞いてくれ」

弟クマソタケルはしばしの猶予を求め、刺されたままこう尋ねました。

「誰に殺されるのかくらい、教えてくれ！」

「私は日本中知らぬ者はない大和の景行天皇の子で、オウスという。クマソタケルの兄弟が朝廷に刃向かう無礼なやつらだということで、天皇は、私に征伐してこいと派遣したのだ」

「それはずばり、私たち兄弟のことだ。西方には我々二人より強い者はいない。ところが、大和には我々より強い男がいたということになる。あなたに名前を差し上げよう。今日からヤマトタケル（倭建命）と名乗るとよい」

　こう言い終わるのを見届けて、オウスは弟クマソタケルを、熟したウリでも切るように、ザクザクッと切

り裂いて殺してしまいました。オウスはそのときから、ヤマトタケルと名乗るようになります。大和に戻る途中では、大和の朝廷に従わない山の神、川の神、海峡の神もことごとく服従させてしまいました。

オトナの古事記解説

あまりに凶暴なヤマトタケルの正体に気づいた景行天皇は「クマソを退治せよ」と体《てい》よく自分のもとから追い払った。まだ少年だったヤマトタケルは、父・景行天皇のそんな心中がわからない。

この物語は、純朴な子どもを欺《あざむ》いて意のままに操るという構図の中で、ヤマトタケルの英雄物語として仕立てられているようである。

さて、ヤマトタケルが征伐に向かうよう指示されたクマソタケルのクマソは「熊曾」と書き、九州南部の地名だった。五世紀頃、その地域はまだ大和朝廷に服属していなかったのであろう。

出征の前、ヤマトタケルは叔母のヤマトヒメを訪れている。古代において、叔母は代理母的な性格を持つことが多かった。ヤマトタケルの実母はすでに亡くなっていたのだろうか。

クマソタケルを殺害するために、ヤマトタケルは女装という手段を思いつく。英雄にあるまじき行為とも思えるが、英雄は単に力を持っているだけでなく、飛び抜けた知恵も必要だったのかもしれない。

単身敵の懐に飛び込むわけだから、「目的のためには手段を選ばず」ということだったのだろう。

弟クマソタケルが命名したヤマトタケルは「大和の強い男」という意味である。その名のとおり、ここからヤマトタケルの快進撃が続く。

イズモタケルもだまし討ちに

九州でクマソタケルを征伐したヤマトタケルは、大和への帰途、出雲国に立ち寄って地域の王イズモタケル（出雲建）と親交を結びます。が、ヤマトタケルの本当の狙いは、イズモタケルを殺してこの地を手に入れることでした。

ヤマトタケルはひそかにイチイの木で木刀を作ると、それを持ち込んでイズモタケルと一緒に肥《ひ》の河《かわ》（斐伊川《ひい》）で沐浴《もくよく》します。

ヤマトタケルは先に河から上がると、イズモタケルが身につけていた刀を取って

「互いの刀を取り替えよう」と申し出ました。イズモタケルはこの申し出に応じて、ヤマトタケルの用意した木刀を身につけました。

そして、ヤマトタケルは「刀合わせをしようぜ」と言い出します。それぞれが刀を抜こうとしますが、イズモタケルの持った刀は木刀なので抜けません。ヤマトタケルはすかさず抜いた刀で、イズモタケルを斬り殺してしまいました。

そこでヤマトタケルは「やつめさす　出雲建が　佩《は》ける刀　黒葛多纏《つづらさはま》き　さ身無しにあはれ」と歌います。イズモタケルが腰につけている刀はつづらがたくさん巻いてある立派なものだが、中身がなくてかわいそうだなあ、という意味です。

こうしてヤマトタケルは服従しない西方の国々を次々に平定して、大和に帰りました。

オトナの古事記解説

木刀と真刀をすり替えておいて、相手をうち倒すというのは、もともと出雲地方に伝えられる民話から取り入れたものだという。英雄と伝えられているヤマトタケルだが、このように卑怯とも思えるやり方で敵を抹殺《まっさつ》している。

大和朝廷を背負わされているヤマトタケルは、どんな手を使ってでも敵を倒さなければならなかったのだろう。

ローマ時代、英雄シーザーの腹心でありながらシーザー暗殺に関与したブルータスは、その理由を聞かれて「俺はローマを愛しているからだ」などと言ったそうだ。ヤマトタケルもほとんど同じ気持ちだったのではないだろうか。

父の〝塩対応〟に傷つき叔母に泣きつく

クマソタケル、イズモタケルなどの難敵を倒し、西方の国々を平定したヤマトタケルは「これで天皇に褒《ほ》めてもらえるだろう」と意気揚々と大和に凱旋《がいせん》します。が、報告を聞いた景行天皇はこう命じたのです。

「東の方角にも一二か国ほど朝廷に従おうとしない神や人がいる。これらを平定してくれ」

こう命じて、吉備臣《きびのおみ》らの祖先に当たるミスキトモミミタケヒコ（御鉏友耳建日子）を補助役として遣わせました。同時に、柊《ひいらぎ》の木で作った八尋《やひろ》の矛《ほこ》を授けます。

東国に向かう途中、ヤマトタケルは伊勢の大神宮を参拝し、そこに仕えていた叔母のヤマトヒメと再会しました。

ここでヤマトタケルは、悩みを打ち明けます。

「天皇は私が死ねばよいと思っているのでしょうか。どうにか西方の悪者を退治して戻ったら、それほど時間も経っていないのに東の一二か国の悪者どもを退治してこいと命じます。軍勢もつけてくれず、私に死んでこいと言いたいのでしょうか」

こう訴えながらヤマトタケルは涙を流します。するとヤマトヒメは、神宝の草薙《くさなぎの》剣《つるぎ》とともに袋を渡してくれました。そして、

「もし危ないことに出遭ったら、この袋の口を開けなさい」

とやさしく声を掛けて送り出したのでした。

オトナの古事記解説

西方へ向かったときは少年だったヤマトタケル。父の思いなど気にすることなく、ひたすら敵に立ち向かうだけだったが、大和に帰ってくると「父が自分を遠ざけようとしている」と悩む大人になっていた。

叔母のヤマトヒメの前では涙を見せ、初めて人間的な苦悩を明かしている。しかし、この気弱になった姿は、間もなくヤマトタケルが死を迎えるというストーリーの伏線にもなっているようだ。

八尋の矛の材料の柊は、悪霊邪気を祓《はら》う呪力があると考えられていた。矛も心霊の宿る呪物である。また草薙剣は、スサノオが八岐大蛇《やまたのおろち》を退治して大蛇の尾から手に入れた剣で、天叢雲剣《あめのむらくものつるぎ》ともいわれる。

これまでクマソタケルに女装で接近したり、イズモタケルを刀と木刀を入れ替えるだまし討ちで倒したりするなど、自力で戦ってきたヤマトタケルも、「もはや神の力に頼らなければ」という心境になってきたようにも読める。

火打ち石で危機一髪、脱出する

ヤマトタケルは、東征に向かう途中で尾張国《おわり》（愛知県）まで来て、この地区の支配者の娘のミヤズヒメ（美夜受比売）を娶《めと》ろうと思い、いったん彼女の家に行きました。ところが「やはり結婚は東征が終わってからにしよう」と思い直し、婚約だけしてそのまま東に向かいます。

そして、反抗的な山や川の神々を次々に片付け、服従しない人々を平定していきました。こうして相模国《さがみ》（神奈川県）まで進むと、地域の支配者である相模の国造《くにのみやつこ》が海岸近くの草原を案内してくれ、こう訴えました。

「この野の中に大きな沼があります。その沼の中に凶暴な神様が構えております」

これを聞くとヤマトタケルは「その神を見なくては」と、その野に分け入っていきます。すると、相模の国造は突然火をかけました。

ヤマトタケルは「だまされた！」と悟ります。そのとき、叔母のヤマトヒメの「もし危ないことに出遭ったら……」という言葉を思い出し、もらった袋の口を開けてみます。中には、火打石が入っていました。

草薙剣でまわりに生えている草を薙《な》ぎ倒し、その薙ぎ払った草に火打石で火をつけると、向かい火となって野に放たれた炎は退《ひ》いていき、危機を脱することができたのでした。

そのあとは復讐戦です。ヤマトタケルは相模の国造らを斬り殺し、火をつけて焼き殺してしまいます。海の近くで燃えた草原から、この地は「焼津《やいづ》」と呼ばれるようになりました。

オトナの古事記解説

これまで敵をだまし討ちしたりして連戦連勝だったヤマトタケルは、ここに来て自分のほうが簡単に相模国造の嘘にだまされる間抜けぶりである。戦士としての勝負勘が失われてきたのかもしれない。

この危機は、ヤマトヒメから授けられた袋の中の火打ち石で脱することができた。もはや、自力だけで生き抜くことが難しくなっているということが示唆《しさ》されているのだろう。ヤマトヒメは伊勢神宮に奉仕する巫女《みこ》なので、ヤマトタケルは伊勢神宮の「神通力」に頼るしかなくなっていたらしい。

生け贄になった妃オトタチバナヒメ

ヤマトタケルは相模国造を退けたのち、さらに東に進み、流れの強い海を渡ろうとしました。しかし、その海の神が暴れて波を起こしたために、船が何度も押し戻され、先に進むことができません。

するとこのとき、大和から同行していた妻のオトタチバナヒメ（弟橘比売命）が、自ら生《い》け贄《にえ》になることを申し出ます。

「私が海の中に入ります。あなたは目的を遂げて大和へ戻ってください」

そして、海の上に菅《すげ》で作ったござを八枚、皮で作ったござを八枚、絹で作ったござを八枚を波の上に敷いて、その上に座って海に下りました（入水）。

すると荒波が自然とおさまり、船は前へ進むことができるようになりました。オトタチバナヒメが、別れの歌を詠みます。

相模国の野の中で火に囲まれ　燃えさかる炎の中で　あなたは私の名を呼んでくださいましたね

それから七日後、オトタチバナヒメが挿していた櫛《くし》が海辺に流れ着きました。ヤマトタケルはその櫛を拾うと、墓を作って中に櫛を納めました。二人は強いきずなで結ばれていたのです。

ヤマトタケルはさらに東に進んで、荒ぶる人々を平定し続けました。そうした成果を引っさげて大和へ帰ろうとしていたときのことです。

足柄《あしがら》（神奈川県）の坂の麓《ふもと》に着いて握り飯を食べていると、その坂の神が白い鹿となってやってきて、ヤマトタケルの前に立ちはだかりました。

ヤマトタケルはその白い鹿が近づくのを待って、食

べ残したネギのかけらを素早く投げつけると、鹿の目に当たって鹿は死んでしまいました。

ヤマトタケルはその坂の上に登ると、来たほうを振り返り、オトタチバナヒメを偲《しの》んで「ああ、わが妻よ」と三度嘆《なげ》き声を発したことから、その地方が吾妻《あづま》と名付けられました。

さらにヤマトタケルは甲斐《かい》国（山梨県）に向かいます。そして酒折宮《さかおりのみや》にいるときにも歌を詠みました。

常陸《ひたち》国の筑波《つくば》を過ぎて　幾夜寝たことか

すると、その歌に、かがり火をたいていた老人が続けて歌を詠みました。

日数を重ねて　夜は九夜　昼は十日の日となっている

ヤマトタケルはこの老人を褒め、東国の国造に任命しました。

オトナの古事記解説

ヤマトタケルの東征はトラブル続きで、船旅では急な嵐に見舞われた。するところで、いきなりオトタチバナヒメという妃が登場して「私が生《い》け贄《にえ》になる」と言い出す。妻も同伴の戦だったとは、全然知らなかったなあ……。

そもそも、ヤマトタケルが大和を出るときは、助けの軍勢もつけてもらえず寂しく出発したはずだった。ヤマトヒメのところに立ち寄って「つらい」と嘆いたり、尾張のミヤズヒメに求婚したりしているときに、じつは妃が同行していたということになるらしい。

さらにオトタチバナヒメは「相模国の野の中で火に囲まれ……」などと歌っているのだから、相模で焼き殺されそうになった際もヤマトタケルのそばにいたようだ。「そんなこと聞いてないよー」と突っ込みたくなってしまう。

ともかくここでも、生け贄のおかげでヤマトタケルは窮地を脱することができた。やはり、ヤマトタケル本人の生命力がどんどん乏《とぼ》しくなっているとしか思えない。

さらに、かつては兄を殺してバラバラにしたり、クマソタケルを切り刻んだりした冷血漢が、オトタチバナヒメの死を悼《いた》んで嘆き続けるというメンタリティの持ち主に変わっている。若い頃とはすっかり変わってしまったヤマトタケルがいるのだ。

生理日だけど…あの娘と初のベッドイン！

甲斐国を発ったヤマトタケルは信濃《しなの》国（長野県）に行き、そこの坂の神を服従させてから尾張国に戻ってきました。そして先の約束どおり、ミヤズヒメ（美夜受比売）のもとに行きます。

ミヤズヒメは豪勢な食事で歓待しましたが、その際、ヤマトタケルはミヤズヒメの着物の裾《すそ》に血がついているのを見つけます。ミヤズヒメが生理中であることに気づいたのです。ヤマトタケルは、こんなふうに歌ったのでした。

天《あま》の香具山《かぐやま》に　鋭くやかましく飛んでいる白鳥のように　か細く柔らかいあなたの腕を　私は抱こうとするが　あなたとまぐわいたいと願うが　あなたの着物の裾には月（月経）が出ているよ

そこで、ミヤズヒメが返しの歌を詠みます。

光り輝く皇子よ　わが君よ　新しい年が来れば去っていきます　新しい月が来れば去っていきます　だからあなたを待つうちに　私の着物の裾に月が立つのも自然なことです

結局、二人は初夜を過ごします。次の日、ヤマトタケルは草薙剣をミヤズヒメのもとに置いて、伊服岐《いぶき》の山（伊吹山・滋賀県米原市）の神を討ち取るために出かけて行ったのでした。

オトナの古事記解説

オトタチバナヒメという妃を亡くし、嘆き悲しんでばかりいるのかと思ったヤマトタケルは、尾張国まで戻ってくるとすぐに婚約者のミヤズヒメを訪ねる。ミヤズヒメは大変なごちそうを用意して、ヤマトタケルを歓迎した。

ヤマトタケルはミヤズヒメの着物の裾《すそ》に血がついていたことで、彼女が生理中であることを悟った。

ミヤズヒメは熱田神宮を氏神にする豪族の娘であり、神宮に奉仕する巫女だったと考えられる。巫女は初潮を迎えることで一人前の女性になったとされ、神に仕える資格を得たものと見られる。だから、生理の出血は恥ずかしいことでも、隠すべきことでもなかったのだろう。

日本では女性の生理や出産を「不浄なもの」として遠ざけた時代もあったことは確かだが、ヤマトタケルの生きた古代には、それとは違ってとてもおおらかなものだったらしい。

ヤマトタケルとミヤズヒメとの間で交わし合った歌の中にも、生理日を「月が出ている」とか、「月が立（経）つ」など、じつにあっけらかんと詠んでいる。

見くびった山の神にたたられる

ヤマトタケルは草薙剣をミヤズヒメに預けたまま伊吹山まで来ました。そして、ヤマトタケルは強気に「この山の神ぐらいなら、素手でじかに討ち取ることができる」と言って、山に登っていきます。

すると、白いイノシシに出会いました。まるで牛のような大きさです。ヤマトタケルは言挙《ことあ》げ（自分の意思をはっきり声に出して言うこと）します。

「この白いイノシシの姿をしているのは、神の使いなのか。今は殺さないが、帰りに殺してやろう。待ってろよ」

そして、さらに上を目指して登っていきました。しかし、イノシシは山の神自身でした。

山の神は「よくもワシを見くびったな」と腹を立てたのでしょう。大きな雹《ひょう》を降らせてヤマトタケルの体

にぶつけたのでした。さすがのヤマトタケルも雹にはひるんで何とか山を下ります。玉倉部《たまくらべ》の清水まで来て一息つくと、ようやくわれを取り戻すことができました。その清水は居寤清水《いさめのしみず》と名付けられました。

オトナの古事記解説

草薙剣をミヤズヒメのもとに置いて伊吹山の神の討伐に出かけたヤマトタケルは、神のたたりを受けることになる。ヤマトタケルにとって草薙剣は不可欠のお守りだったはずだが、「そんなものに頼らなくても大丈夫だ」というおごりが心の中に生じていたということだろう。

また、せっかくイノシシに化けた伊吹山の神が姿を見せているのに、「あとで殺してやる」などと山の神をあなどったのもよくなかった。

疑問なのは、ヤマトタケルが雹の前に簡単に退散していることだ。確かに大きな雹が降ってきて体に当たれば痛いだろうが、それが命取りになるようなことは一般にはあまりないはず。

雹は単なる雹ではなく、ヤマトタケルが致命的な感染症にかかったとか、精神的な変調が訪れたことを表現したかったのかもしれない。

草薙剣を軽んじたことを後悔しながら昇天

居寤清水を発ち、当芸野《たぎの》（岐阜県南西部）のあたりまで来たとき、ヤマトタケルはすでに疲労困憊《こんぱい》の様子です。

心はいつも空を昇っていくような思いだったのに　今では足が曲がってろくに歩くことさえできず　なかなか前に進めなくなってしまった

その地を名付けて当芸（曲がるの意味）というようになりました。

さらに歩くのですが、わずかな距離でもハアハアと息が上がる始末で、もはや杖をついてようやく歩くことができるという状態になってしまいました。そのため、その場所を杖衝坂《つえつきざか》（三重県四日市市采女《うねめ》にある急坂）と呼ぶようになりました。

それから尾津岬《おつのさき》（三重県桑名市多度町）の一本松に、前の東征で自分が食事をした際、そこに忘れていった剣がそのまま置いてあったのを見つけ、喜んで次の歌を詠みます。

尾張に行く途中で立ち寄った尾津岬の一本松よ　もしも一本松が人間であったなら　刀をつけさせてやろう　着物を着せてやろう

さらに進んで三重村に到着したとき、ヤマトタケルはこう口にします。

私の足は三重に曲がった餅《もち》のようだ　たいへん疲れた

この言葉から、そこを名付けて三重というようになりました。

さらに進んで、能褒野《のぼの》（三重県亀山市）に到着した際、故郷を思って次の歌を詠みました。

大和は　日本の中で　最も秀でた国だ　青々とした垣根のように　重なり合った山々に包まれた大和は美しい

続けて次のように詠みます。

命の健やかな人は　何重にもなった平群《へぐり》の山の熊樫《くまがし》の葉を髪に挿して　命を謳歌せよ

さらに歌が詠まれます。

ああ　なつかしい　わが家のほうから雲が立ってきている

このとき、ヤマトタケルの病状がにわかに悪化しました。しかしさらに歌を詠みます。

乙女の床のそばに　私が置いてきた太刀よ　ああ　あの太刀よ

こう歌い終わって、ヤマトタケルはすぐに亡くなりました。ただちに早馬が使われて朝廷へ訃報《ふほう》が届けられました。

ヤマトタケルが伊吹山から大和に戻るとき、立ち寄った場所から「当芸野」「杖衝坂」「三重村」など、さまざまな地名が生み出されていった。ここで気になるのは、ヤマトタケルに現れた「足が曲がってきた」とか「杖をつかなければ歩けない」という症状だ。

老化にともない、ロコモティブシンドロームが進行していたのだろうか。あるいは、リウマチなどの疾患の症状が示されているのかもしれない。

そうした症状の悪化の一方で、ヤマトタケルは次々と歌を詠むようになっている。自分が終末状態にあることを悟り、命と向き合う心境になっていったかのように思える。

ふるさとと大和への熱い思いや、草薙剣を軽んじてしまったという後悔を歌に詠みながら、ヤマトタケルは旅の途上で果てた。

大きな白鳥となり河内国へ

ヤマトタケルが旅先で果てたという知らせを受けて、大和で帰りを待っていた妻や子は嘆き悲しみ、すぐに能褒野に駆けつけ、陵墓を造りました。彼らは陵墓のそばの田んぼを這《は》い回って悲しみ、泣きながら歌います。

　泥んこの田んぼに残っている　稲のもみに絡まり　這い回っている　まるでところつづら（やまいもの仲間のつる草）みたいに

すると、ヤマトタケルの魂は大きな大きな白鳥となり、海のほうへ向かって飛び立っていきました。

驚いた妻や子は、その白鳥を追いかけていき、小さな竹の切り株のある河原を通って追っていたので、足を突き刺して傷つきますが、その痛みも忘れて泣きながら追っていきます。彼らは、そのときの様子をこう歌いました。

　竹の低い篠原を歩くので足腰はよれよれ　私たちは飛ぶことができないので足をもつれさせるばかりだ

それでも、さらに追いかけ続け、海辺を通ったときにも歌を詠みます。

　海辺を行けば水に邪魔され　足腰はよれよれ　歩きにくいよ　川面に生えている浮き草が揺れるように　私たちは海を漂っている

さらに、その白鳥が磯づたいに飛んで行ったときに歌を詠みます。

　千鳥のように　あなたは浜を飛ばないで　歩きにくい磯づたいに飛んで行くの

ですね

これら四首の歌は、ヤマトタケルの葬式に詠まれた歌と伝えられています。

さて、伊勢国から飛び立ったその白鳥は、とうとう河内国《かわち》の志幾《しき》（大阪府柏原市あたり）まで飛んでいき、そこにとどまったといいます。そのため、この地にも陵墓を造り、ヤマトタケルの魂を鎮めたともいわれます。その陵墓の名が白鳥御陵《しらとりのみはか》です。

しかし、ヤマトタケルの魂である白鳥は、その地からも離れ、いずこかへ飛んでいったのでした。

オトナの古事記解説

ヤマトタケルには尾張で娶ったミヤズヒメと相模沖で生け贄死させたオトタチバナヒメ以外にもたくさん后がいて、合わせて六人の子どもがいたとされている。これまた、ヤマトタケルの葬儀という段になって初めて明かされる情報である。

戦士として東奔西走していたはずのヤマトタケルに、いったいいつそんな暇があったのか不思議だ。他の神様や天皇はナンパのシーンや夜這いの場面が数々描かれているのに、ヤマトタケルに全然それが登場しないのも興味深い。

さて、ヤマトタケルの大勢の遺族たちは、熊褒野に造った墓のまわりを泣きながら這い回る。それが古代の葬送儀礼だったらしい。

　すると、ヤマトタケルの魂は白鳥になってあちらこちらを飛び回った。真っ白な白鳥が飛ぶ姿は、まさに死者の魂が天に昇る姿に映ったことだろう。その白鳥が能褒野から河内に飛んだかと思えば、またそこからも飛び立っていく。戦いのために西へ東へと移動し続けた生涯のように、死後も新たな戦いの場を探し続けなければならないかのようだ。

　描かれる人物像が不自然すぎることから、ヤマトタケルは実在した人物ではないと見る人も多い。また、一人の人物ではなく、各地を平定した大和政権の軍隊の姿を象徴しているのではないかともいわれている。

　大和政権がまず九州を、そして東方へと次々に全国を平定していき、強大な権力を構築していった様子と時期が、ヤマトタケルの物語の成立と一致するという説もある。ヤマトタケルを英雄と見立てる物語は、大和政権を神格化、正当化するために作られたものだったのかもしれない。

六章

◉「16代目の皇位争い」から「仁徳天皇の治世」まで

応神・仁徳天皇は、親子でハーレムづくりに大忙し

父・応神天皇に忖度して弟をヨイショ!

第一五代応神《おうじん》天皇は、皇子のオオヤマモリノミコト(大山守命)とオオサザキノミコト(大雀命)に、「お前たちは子どものうちで、兄と弟、どちらが可愛いと思うか?」と聞きました。二人はすでに成人し、それぞれ子どもがいます。

オオサザキの兄のオオヤマモリは「兄のほうが可愛い」と答えました。でも、オオサザキの答えはそうではありません。

「兄のほうはもう大きくなっていますから心配いりませんが、弟はまだ大きくなっていないので、余計に可愛く思います」

じつは天皇は、二人の弟で末子であるウジノワキイラツコ（宇遅能和紀郎子）を跡継ぎにしようと心に決めていたのです。そして、オオサザキはこの天皇の気持ちを察していたのでした。

二人の返事に対して、応神天皇は「オオサザキの考えは私の考えと同じである」と言いました。そして、兄弟の処遇について話します。

「オオヤマモリには、山海の狩漁民の管理を命ずる。オオサザキは私が治めている国の政治を任せよう。それと、ウジノワキイラツコを皇太子にする」

こうして、応神天皇はのちの体制を決め、オオヤマモリより、オオサザキのほうに信任をおくようになりました。

オトナの古事記解説

古代日本の九州などでは、家督は「末子相続」が普通だった。というのも、兄弟は年上の者からどんどん家を出て自立してゆき、最後に家を継ぐのは末子しかいない、というのが実情だったのである。

だから、応神天皇も当然、ウジノワキイラツコを跡継ぎにしようという考えはあったし、オオサザキも天皇がそう思っていることは当然予測できたわけだ。

なのに、わざわざ天皇が「年上と年下のどちらがいいか？」と尋ねたのは、オオヤマモリとオオサザキのどちらが正当な考え方を持っているかを確認したことにもなる。応神天皇という父の思いを忖度《そんたく》できたかどうかで、オオヤマモリとオオサザキの兄弟のその後の命運が分かれていく。

その前に、末子のウジノワキイラツコがどのように生まれたかを見ていこう。

恋が実り、喜びの「蟹の歌」を披露

あるとき、応神天皇は、近江国《おうみ》（滋賀県）へ行こうとして、宇治の野のほとりに立っていました。そこから葛野《かどの》のほうをはるかに望んで歌を詠んでいます。

たくさんの葉が生い茂る葛野のほうを見ると　おびただしい数の家々が見渡せる　国の豊かさをうかがうことができるようだ

そうして、宇治の木幡《こはた》村に着いたとき、分かれ道で美しい乙女に出会いました。応神天皇が「あなたは誰の子ですか？」と聞くと、乙女が答えます。

「丸邇《わに》のヒフレノオオミ（比布礼能意富美）の娘で、名はヤカワエヒメ（矢河枝比売）です」

丸邇（和珥《わに》）氏といえば、このあたりの大豪族です。応神天皇は「明日、都に帰るとき、あなたの家に立ち寄りたいと思います」と申し出るのでした。

ヤカワエヒメは家に帰って、その様子を詳しく父のヒフレノオオミに語ったところ、父は、

「その方は間違いなく天皇だ。おそれ多いことだ。娘よ、天皇にお仕えしなさい」

と娘に言い聞かせました。そして、自分の家を一生懸命に飾り整えて、翌朝を迎えました。

応神天皇を迎えると蟹《かに》などのご馳走を供え、ヤカワエヒメに盃《さかずき》を持たせ、天皇に差し上げました。天皇は盃を受け取りながら歌います。

この蟹はどこの蟹だ　遠い遠い角鹿《つぬが》の蟹だ　横に這《は》ってどこへ行く　伊知遅島《いちじ》や　み島に着いて

カイツブリが水に潜ったり　浮かんで息づいたりしながら　さざ波への道をどんどん私が歩き進めば　木幡の道で出会った乙女　その後ろ姿が小さな楯のようにすらりとしている　歯並びも椎《しい》や菱《ひし》の実みたいに白く美しい　櫟井《いちいい》のある和邇坂《わにさ》の土を　土の上のほうは赤すぎるし　下のほうはどす黒くなっていて不適当なので　その中ほどにある土をとって　あまり強い火にはあてず　弱火でとろとろ焼いた土で眉を描いている　道で出会った美しい乙女よ　こういうふうになればよいなと思っていたことが現実になって　この宴で　このように向かい合って　寄り添っていることよ

そうして、この娘を妻として生まれた子がウジノワキイラツコだったのです。

オトナの古事記解説

応神天皇が、ウジノワキイラツコを皇太子に指名した背景を語る物語だ。ウジノワキイラツコにこだわったのは、天皇自身の恋愛経験が絡んでいた。

古代の天皇の役割の一つに「国見《くにみ》」の儀式があった。山や丘など高いところに立って、自分の国が豊かで人々が幸せに暮らしていることを賛美するものだ。この国見のときに、ヤカワエヒメという美女と出会うことになる。

古代においては、男が女の家に行く通い婚が一般的だった。天皇がヤカワエヒメに「あなたの家に行きたい」と言ったのは、ただちに「あなたとまぐわいたい」「結婚したい」と申し出たことになる。一目で魅せられてしまったのだろう。

応神天皇は、ヤカワエヒメに会うために訪れたヒフレノオオミの家で、蟹を振る舞われた。歌の中の「角鹿の蟹」の「角鹿」は敦賀《つるが》のことで、有名な越前ガニの産地を指すらしい。

かつて、蟹に扮《ふん》して歌や踊りを披露する芸能集団があったと考えられ、応神天皇がヤカワエヒメをべた褒めした歌は、この芸能集団の歌からのパクリではないかともいわれる。

ヤカワエヒメは、ウジノワキイラツコを生んだとされているが、通い婚の時代だったので、この皇子はヒフレノオオミの家で育てられたと考えられる。それゆえ、ヒフレノオオミは「有力な次代天皇候補の祖父」として大きな権力を築いたことになる。

一方、たくさんの妻がいただろう応神天皇のほうも、とりわけ思い入れの強い女性との間にできた、ウジノワキイラツコを取り立てたいという気持ちが強かったのかもしれない。

呼び寄せた美女を、父子で奪い合い

応神天皇は、日向国《ひむか》（宮崎県）の諸県君《もろがたのきみ》の娘カミナガヒメ（髪長比売）が見目麗しい女性だと聞いて、妻にしたく思い宮中に呼び寄せました。

そのとき、皇子のオオサザキが、カミナガヒメが乗った船が難波《なにわ》の港に到着したのを迎えに出て、そのあまりの美しさ、可愛らしさに一目惚れしてしまい、何とか自分のものにしたいと思いました。

オオサザキは、すぐに大臣のタケノウチノスクネ（建内宿禰）に仲立ちを頼み込みます。

「カミナガヒメを、私に譲ってくださるようお願いしてもらえないだろうか?」

タケノウチノスクネはさっそく、応神天皇にオオサザキの意向を伝えたところ、応神天皇は意外にもあっさり許しました。それは次のような状況でした。

秋の実りを祝う祭りに行われた酒宴でのことです。応神天皇はカミナガヒメに酒を受ける柏《かしわ》の葉を持たせて、オオサザキに渡させました。そして歌います。

さあノビルを摘みに行こう　ノビル摘みに　私が行く道に　香りのよい花橘《たちばな》が咲いている　橘の上の枝にある花は　鳥がついて枯らしてしまう　下の枝の

花は　人が取って枯らしてしまう　中の枝の　まだ蕾《つぼみ》のような赤い頬をした乙女を　さあ手に入れるといい

これを聞くと、天皇はオオサザキにすんなりカミナガヒメを譲ったように見えます。しかし、酔いが回った頃、天皇は素直な気持ちを歌います。

水が溜まる依網《よさみ》の池の杭を打つ人が　杭を打っているのも知らないで　ジュンサイ採りが　手を差し伸べているのも知らないで　わが心は大変愚かだった　今では悔しくてならない

こうして応神天皇は、カミナガヒメをオオサザキに授けました。自分が呼び寄せた美女を奪われる悔しさはあっても、関係が良好な息子オオサザキになら仕方がないと思ったのでしょう。

念願の乙女が手に入ったオオサザキは、喜んで歌います。

都から遠く離れた国の乙女よ　雷の音のように　その評判が鳴り響いていたが　今はその乙女を腕枕で思いのままにしているぞ

と歌い、また続けて歌いました。

都から遠く離れた国の乙女は　抵抗することもなく寝たことだ　なんと美しい乙女だろう

天皇は、地方の豪族の娘や妹を呼び寄せてハーレムを作った。地方から謀反が起こらないように「人質を取る」という意味もあったことだろう。古代にはすでに、江戸時代の大奥の原型が生まれていたのである。

そして、集められたのは自分の息子と年の変わらないような女性が多く、自分のものにしようと思ったのに、息子に先に手を出されるということもあったと思われる。さらに、天皇の死後、妃の一人が息子の妻になるということもあった。

それにしても、父親が権力にものを言わせて集めた美女を払い下げてもらい、「腕枕で思いのままに」「抵抗することもなく寝た」とは、つくづくいい気なものだ。

棚ボタで、仁徳に皇位が転がり込んできた

応神天皇が亡くなったので、その皇子で政治を任されていたオオサザキは、皇太子に指定されていた弟のウジノワキイラツコに政権を返しました。

ところが、やはり応神天皇の皇子で、二人の兄のオオヤマモリは秘かに兵を募って、ウジノワキイラツコへの反逆を企《くわだ》てます。

オオサザキはこの動きを悟り、ウジノワキイラツコに知らせました。ウジノワキイラツコは驚きましたが、ただちに兵を整えます。そして兵を宇治川のほとりに隠し、山の上に絹を垣根のように張り巡らした天幕を作って、あたかもそこに自分がいるかのように見せかけました。

そうして、オオヤマモリが川を渡るときのことを考え、船と櫂《かい》（オール）を用意しておき、その船の中の渡り板にサネカズラの根から取ったぬめぬめした汁を塗って、そこを踏めば滑って転ぶような細工をしました。

さらにウジノワキイラツコは、粗末な布の上着と袴《はかま》を身に付けて船頭に変装すると、櫂を手に船の上に立っていました。

そこにオオヤマモリが、やはり兵を隠してやってきました。着物の下に鎧《よろい》を着こんでいます。山の上を見てみると、大層きらびやかだったので、そこにウジノワキイラツコがいるだろうと思い込んでしまいます。

そこでオオヤマモリは、船頭にこう尋ねました。

「この山の上には、怒り狂った大きなイノシシがいると聞いている。そのイノシシを殺したいと思うのだが、うまくいくと思うかい？」

「それは無理でしょう」

「どうしてだ?」

「以前から、いろいろな人が何度もそのイノシシを殺そうとしています。でも、誰もできませんでした。ですから、あなたも無理だと申し上げました」

そして、オオヤマモリを船に乗せて川の中央に差し掛かったとき、船頭は船をわざと揺らして、オオヤマモリを川に落としたのです。

オオヤマモリは川面に顔を出したものの、水の流れが早く、そのまま流れ下ってしまいました。そして流れながら歌を詠みます。

流れの強い宇治の渡し場で　素早く竿《さお》を扱うこと
のできる人が　私を助けに来てくれないものか

しかしウジノワキイラツコは助けず、宇治川のほとりに隠していた兵士たちに矢を射かけることを命じます。オオヤマモリは岸辺に近づくこともできず、そのまま川の水に流されて、たくさんの矢が突き刺さりな

がら、ついに水の底に沈んでしまいました。

オオヤマモリが沈んだところを鉤《かぎ》で探ると、着物の中に着込んだ鎧に当たって、カランカランと鳴ったので、その地を訶和羅之前《かわらのさき》というようになりました。現在の京都府京田辺市河原里ノ内で、今でも伽和羅《かわら》古戦場跡として残っています。

さて、オオヤマモリの死体に鉤をかけて引き上げたときに、ウジノワキイラツコが歌を詠みました。


素早い人が宇治川の渡し場に立っている　弓を作るマユミの木よ　それを切りたいと心に思うけど　それを取りたいと心に思うけど　木の根元を見れば君のことが思い出され　枝先を見れば妻のことが思い出され　慰めようもなく　君のことを思い出し　悲しくも　妻のことを思い出し　それを切らずに戻ってきたよ

応神天皇が亡くなったあと、それまで政治を任されていたオオサザキと、皇太子に指名されていた弟のウジノワキイラツコは、互いに天下を譲り合います。そのため皇位が何年か空くことになりました。

しかし、ウジノワキイラツコが若くして亡くなったため、結果的にオオサザキが第一六代仁徳《にんとく》天皇として正式に即位し、天下を治めることになりました。

オオヤマモリ、オオサザキ、ウジノワキイラツコはお互いに母親の違う応神天皇の息子である。長兄のオオヤマモリは応神天皇の皇后タカキノイリヒメの息子であり、血統としては皇位継承者として最も正統に近い。オオサザキは応神天皇とタカキノイリヒメの妹ナカツヒメの息子でお互いに異母兄弟であって、従弟《いとこ》同士の関係ということになる。

ウジノワキイラツコの母ヤカワエヒメは地方豪族の娘であり、血統的には二人の兄には劣る。しかし、とても美しかったことから、応神天皇はその子であるウジノワキイラツコがとりわけ可愛く思えたのかもしれない。

これに対し、オオヤマモリには「自分こそ皇位継承者だ」という意識があり、いつか反旗を翻《ひるがえ》すことを狙っていたということだろう。そして、この兄と弟の戦いを様子見していたオオサザキが「漁夫の利」を得ることになる。

結局、ウジノワキイラツコが早死にしたことで天皇の地位を得ることになるが、その死の原因についても「仁徳がウジノワキイラツコを暗殺したのだ」という説は、昔から根強く語られてきた。「呪いをかけた」「毒を盛った」などとも言われていたらしい。

『古事記』では、兄弟の間で皇位を譲り合ったことが語られているが、これは、上陸してきた儒教思想と結び付けて作られた美談だという見方が強い。

ともかく天皇家は、けっしてずっと一つの系譜で途切れることなくつながってきたわけではない。さまざまな断絶や血生臭い争いが繰り広げられてきたことは、まぎれもない事実なのである。

かまどの煙は豊かさのシンボルだが…

仁徳天皇はあるとき、高い山に登って、国の四方を見渡して（「国見」して）言いました。

「夕方だというのに、国中にかまどの煙が立っていない。民はみな貧しいのであろう。これから三年の間は、人民の税と使役（労働奉仕）をすべて免除して、国を富ませなくてはなるまい」

その言葉どおり税と使役を免除したので、天皇家は収入がなく、御殿も破れ崩れて、ひどく雨漏りすることになりました。それでも、まったく修理させようとせず、木の箱で雨を受け、雨の漏るところを避けながら生活していたのです。

三年経って再び国中を見ると、かまどの煙は国に満ちていました。やっと人々が豊かになったと感じた仁徳天皇は、税と使役を再び課すことに決めたのです。

このために民は栄えて、税や使役に苦しむことはありませんでした。そんなことから、人々はこの天皇の治世を称えて「聖帝《ひじりのみかど》の御世《みよ》」と呼びました。

オトナの古事記解説

第一六代仁徳天皇は実在の人物で、難波に宮殿を築いている。この頃、中国文化の影響を強く受けるようになった日本では、人格者が国を治めると繁栄がもたらされるという儒教の考え方が広がっていた。

『古事記』の後半では、天皇がいかに素晴らしい人間かというエピソードを描く説話が多くなっている。

仁徳天皇は「茨田堤《まんだのつつみ》」や「難波の堀江」などの大規模な治水工事を進めた人物としても伝えられている。その治世がなされた五世紀前半には、朝鮮半島や中国との国際交流がさかんになり、海外からさまざまな技術が伝わってきた。

雨が多く川の氾濫《はんらん》の多い日本では、治水工事は直接、天皇の権力基盤に関わる大事な仕事だったと考えられる。

妻の眼を盗んで、吉備の娘とランデブー

仁徳天皇の皇后イワノヒメ（石之日売）は、たいそう嫉妬深い女性でした。そのため、仁徳天皇が気に入って側に仕えさせようとした女性も、簡単には天皇に近づけないほどです。イワノヒメが天皇の女性関係の噂《うわさ》を聞こうものなら、床がギシギシとしなるほど地団駄を踏んで、やきもちをやきました。

あるとき、仁徳天皇は吉備《きび》国（岡山県）の海部直《あまべのあたい》の娘でクロヒメ（黒日売）という女性が美人だと聞き、こっそりと呼び寄せました。しかし、イワノヒメがすぐにそれを察してひどく嫉妬したことから、クロヒメはその剣幕を恐れてすぐに故郷の吉備に戻ってしまったのです。

仁徳天皇は御殿の高台に立って、クロヒメの乗った船が今にも西に向かって船出しようとしているのを見て、歌いました。

沖のほうに小さな船が並んでいるよ　私の可愛い恋人は　故郷へ下って行ってしまうなあ

この歌を聞いた皇后イワノヒメは、また怒りを爆発させます。さっそく人を港に遣わして、クロヒメを船から引きずり出し、「歩いて吉備まで帰りなさい」と追いや

りました。

しかしクロヒメを忘れられない仁徳天皇は、皇后に「淡路島が見てみたい」と嘘をついて旅に出ます。その目的地はもちろん吉備でした。淡路島に行くと、はるか西のほうを見ながら、歌います。

　難波の崎から船を漕ぎ出して　わが国を見れば　淡路島　オノゴロ島　檳榔《あはしま》
（ビンロウの木）が生えている島が見えるよ　遠く離れた島々も見えるよ

そして、仁徳天皇はその島々を伝わって、クロヒメのいる吉備に行きました。クロヒメは驚きながらも喜び、天皇を歓迎します。

天皇の好物の料理を差し上げようと、クロヒメが畑の青菜を摘んでいるところにやってきて、天皇が歌います。

　山の畑に蒔《ま》いた青菜でも　吉備の恋人と一緒に摘めば　楽しいことだ

仁徳天皇がいよいよ宮殿のある難波に帰るとき、クロヒメが歌います。

　大和のほうへ西風が吹いて　雲が離れていくように　あなたと離ればなれになっても　あなたのことをけっして忘れはしない

さらに続けてクロヒメが歌います。

　大和へ行ってしまうのは　どこの殿方でしょうか　人目につかないように　こ

っそり心を通わせながら大和に行くのは　誰の夫でしょうか

オトナの古事記解説

仁徳天皇は、歴代天皇の中でも大の女好きの一人に数えられるだろう。この頃の天皇は一夫多妻が当たり前で、「コナミ」と呼ばれる古女房に加えて、あとから「ウワナリ（上成）」と呼ばれる若い妻を次々娶《めと》っている。天皇は自らの血統を維持することが最大の務めであり、そのためにたくさんの若い女性を集めてハーレムを作っていった。

とはいえ、「コナミ」は、「ウワナリ」にやきもちを焼いたり、いじめたりするのが常だっただろう。そして、天皇は何とか若い妻が逃げ出さないように「コナミ」の顔色をうかがわなければならなかったわけだ。

皇后のイワノヒメは大豪族の葛城《かつらぎ》氏の娘だった。葛城氏は天皇家の大切な後ろ盾だったと思われる。だからこそ仁徳天皇は、イワノヒメにぎゅうぎゅう締め付けられても、抵抗できなかったのかもしれない。

ひそかに吉備に出かけたとき、仁徳天皇の詠んだ歌は、とても生き生きしている。そしてクロヒメの歌にも熱烈な思いが詠まれている。イワノヒメにバレたら自分もクロヒメもどんな目に遭わされるかわからない。だが、リスクがあるからこそ、熱く燃え上がったというわけだ。

妻の留守中の浮気がバレた!

仁徳天皇の皇后イワノヒメは大宴会の支度をするため、酒を盛るために使う御綱《みつな》柏《がしわ》の葉を採りに、紀伊《きい》国(和歌山県)に出かけていました。その隙をついて、仁徳天皇は腹違いの妹ヤタノワキイラツメ(八田若郎女)と浮気したのでした。

皇后は、御綱柏を船からあふれるほど積んで帰ってきましたが、ひょんなことから、天皇の浮気を知ってしまいます。

水取司《すいとりのつかさ》(飲料水の担当部署)に仕えていたある使用人が故郷の吉備へ帰ろうとしていたところ、たまたま、皇后の船に遅れて難波の大渡(=港)にやってきた倉人《くらひと》女《め》(倉の部署の女性の使用人)の船に出合い、こんなふうにしゃべったからです。

「天皇様は近頃、大后様の留守をいいことに、ヤタノワキイラツメを呼び寄せて、夜といわず昼といわずイチャイチャしているよ。もしかして、大后様はこのことをご存じないのだろうか。のんびりと遊んでおられるけれど……」

これを聞いた倉人女はすぐにイワノヒメの乗った船に追いついて、聞いたことを事細かく伝えました。

さあ皇后の怒るまいことか。カッとして、船いっぱいに積んだ御綱柏を全部海に捨ててしまったのです。そのため、その土地を名付けて御津前《みつのさき》（大阪市南区）といいます。

皇后はそれから皇居に帰ろうとせず、その船を難波の港にとどめずに、難波の堀江を遡《さかのぼ》って山城国（京都府）に行きます。このとき、皇后は歌を詠みました。

山城の川を遡っていくと　川のほとりにサシブの
木が生い立っている　そのサシブの木の下に　葉
の広い　神聖なツバキの木がある　そのツバキの
花は照り輝いている　その葉は広くて美しい　そ
のツバキのように広がる心　浮気な心を持った大
君よ

さらに山城から方向を換えて回り道をして、奈良山

の入り口に来たときに、また座って歌います。
山城の川を遡っていくと　奈良を過ぎ　大和を過ぎて　私が見たい国は葛城
そこに私の故郷がある
そうしてまた山城に戻り、筒木《つつき》にある百済《くだら》系渡来人・ヌリノミ（奴理能美）の家に滞在しました。
一方、仁徳天皇は妻イワノヒメが戻ってこないことを心配し、山城から旅に出たと聞いて、鳥山という舎人《とねり》（天皇の側仕えをする若い男性）を遣わして、皇后に歌を送りました。
山城で追いつけ　鳥山よ　追いつけ　追いつけ　私の愛する妻に追いつけば逢えるだろう
また続いて、ワニノオミクチコ（和邇臣口子）を遣わして歌を送りました。
神の山の高いところに　オオイコ（大きな猪）のいる原っぱがある　そのオオイコのお腹にある心だけでも　お互いに思い合わずにいられぬものか
さらにクチコは、仁徳天皇から伝えられていたとおりの歌を歌います。
山城の女が　木の鍬《くわ》を持って　掘り起こした大根に似た　真っ白なお前の腕を抱く前だったら　知らないとも言えたものを

ヤタノワキイラツメはウジノワキイラツコの妹で、仁徳天皇から見ると異母妹となる。古代から同母兄妹による恋愛はタブーとされていたが、腹違いの兄妹の結婚はとくにタブーではなかった。

むしろ、当時は通常のことであり、義理の妹やさらにその妹とまとめて面倒を見るというケースも多かった。仁徳天皇も、次々と異母妹に手をつけている。

しかし逆に言うと、天皇や皇族の人間関係はきわめて狭かったということかもしれない。付き合ってもいいのは宮廷内の人間だけで、そのへんにいるノーブランドの女性をナンパしたりすることは禁じられていたのではないか。すると、いきおい手近な異母妹と……ということになるだろう。

それにしても、妻に不倫がバレて「顔も見たくない」とばかりに避けられた仁徳天皇は、大慌てだ。ぬけぬけと「俺はお前を追い続けている」と言ってみたり、「大根のような真っ白い腕を抱いた」と称えたりしている。これは、現代人にとっても参考になる対応の仕方だ。

浮気が発覚した殿方は「もうお前に飽きたんだ」「あっちのほうが好きになったんだ」などと居直ったりしがちだが、これは絶対にやってはいけない。この一言で家庭が崩壊し、「あんなこと言わなければよかった」と後悔している人がとても多いからだ。

浮気がバレたら「俺の過《あやま》ちだった」と心から謝罪の意を示し、「本当に愛しているのはお前だけだ」と言い続けることが大切。仁徳天皇を見習わなくてはいけない。

浮気のあてつけで皇后が家出

仁徳天皇の浮気に立腹した皇后イワノヒメは宮には戻らず、まだヌリノミの家に身を寄せています。

ワニノオミクチコがヌリノミの屋敷で、仁徳天皇の歌を皇后に伝えようとしたとき、ひどく雨が降っていました。それでも、何とか皇后のお許しを得ようと、雨に濡れたまま、ひたすら皇后のご機嫌をうかがいました。

クチコが表の戸に参上して伏していると、皇后は会うのを避けて入れ違いに裏の戸から出てしまい、裏の戸に伏していると、今度は表の戸から出ます。それで腹ばいになって進んで庭の中央で跪《ひざまず》いていると、雨水のため腰までびしょ濡れです。

クチコの妹のクチヒメ（口日売）は皇后に仕えていましたが、クチコを見かねてこう歌いました。

山城の筒木の宮で申し上げたいことがございます　私の兄を見ていると涙がこぼれてしまいそうです

この歌を聞いた皇后がクチヒメに「どういうこと?」と理由を尋ねると、「あのクチコは私の兄でございます」と打ち明けました。

こうして皇后も何とか怒りを解き、滞在していた家の主ヌリノミも加わって相談の上、クチコは天皇に申し出ました。

「皇后がヌリノミ様のお屋敷にいらっしゃるのは、ヌリノミ様が飼っている珍しい虫を見たいためです。その虫は一度は這《は》う虫となり、次は殻（カイコ）となり、次は飛ぶ鳥になる、三度も姿を変える奇怪な虫なのです。この虫を見たいだけですから、他意はありません」

すると仁徳天皇は、クチコにこう言うのでした。

「そのとおりだろう。私もその珍しい虫が見てみたいな」

天皇は難波の宮殿を出ると、自ら山城の筒木に向かい、ヌリノミの屋敷に入りました。ヌリノミはさっそく、飼っている三種（三つに変態するカイコ）の虫を皇后に献上します。

それで天皇は、皇后のいる殿戸（宮殿の戸）に立って歌いました。

山城の女が　木の鍬で耕作して育てた大根　その大根の葉のようにザワザワと
お前が言ったから　大勢の従者を連れて　遠くから来てあげたよ

こうしてようやく、天皇夫妻は仲直りすることになりました。
それでも仁徳天皇は、懲《こ》りてはいなかったのです。遣いの者に託してヤタノワキイラツメに歌を送りました。

八田（奈良県大和郡山市矢田町）の一本菅《ひともとすげ》は子どもも持たないで立ち荒れている
もったいないことだ　言葉では菅原《すげはら》というものの　もったいない清々《すがすが》しい女よ

ヤタノワキイラツメが答えて歌いました。

八田の一本菅は一人で居ても構いません　大君がそれでよいと思われているなら　私は一人のままであっても

オトナの古事記解説

宮中に仕える者たちは、天皇夫妻の下半身スキャンダルを、あれこれおしゃべりし合っていたことだろう。全国からさまざまな人々が集められていた宮廷は、男女が出会い、たくさんの情報が行き交う。

そんな中から、仁徳天皇がヤタノワキイラツメという新しい愛人といちゃついているというニュースが飛び出した。皇后のイワノヒメは、この夫の浮気を知り家出する。皮肉なことに、夫が進めた土木工事で掘られた「堀江」と呼ばれる運河を船で上って京都まで行ってしまった。

妻の居場所を知った仁徳天皇は、慌てて鳥山という名の舎人や、クチコと呼ばれる伝言者を立て続けに送って、イワノヒメのご機嫌をとろうとする。妻の実家の葛城氏との同盟関係が壊れたら、たいへんだという思いもあったのだろう。

イワノヒメは使いが表から来れば裏に回り、裏から来れば表に回るという意地悪ぶりを発揮する。女にだらしない天皇と嫉妬深い皇后に、臣下は振り回されてへとへとになっていた。

二人の仲直りのきっかけになったのは、イワノヒメが身を寄せていたヌリノミが飼っていたカイコであった。「三たびも姿を変えるあやしい虫」を称える歌を詠んでいる。

とはいえ、仁徳天皇はそう簡単にヤタノワキイラツメをあきらめることはできない。使いを遣わして自分の歌を贈っている。これに対して、ヤタノワキイラツメは「大君がそれでよいと仰せなら、私は一人で居ます」とけなげさを示す。

「恐妻家の仁徳なんて嫌いよ」

仁徳天皇は、次に異母妹でヤタノワキイラツメの妹のメドリノミコ（女鳥王）を自分のものにしようと考え、異母弟のハヤブサワケノミコ（速総別王）に仲を取り持ってくれるよう頼みました。

そこで、ハヤブサはメドリに「天皇はお前がご所望だそうだ」と伝えます。ところがメドリの答えは、こうでした。

「いやです。皇后がとてもきつい人で、私の姉のヤタノワキイラツメも皇后につらい目に遭わされています。どうしてそのような方に仕えることができるでしょうか。私はあなたの妻になります」

二人はすぐに結ばれました。が、天皇から仲人《なこうど》役を申しつけられたハヤブサは、そのことを報告しませんでした。

しびれをきらした天皇が直接メドリのもとを訪れると、メドリはその宮殿の戸の敷居の上の機織りの前で、せっせと着物を織っています。それを見た仁徳天皇が歌いました。

愛するメドリよ　織っている服は誰のものですか

メドリは答えて歌いました。

高い空を行くハヤブサの着物です

天皇はその歌を聴いてメドリの気持ちを知ると、すごすごと自分の宮殿に帰りました。そのあと、入れ違いでハヤブサがやってきたので、メドリが歌いました。

ヒバリは天を駆けるものです　同様に高く天を行くハヤブサよ　鷦鷯《さざき》（仁徳天皇の名前）なんか簡単に獲って殺してしまいなさい

悪いことに、この歌が仁徳天皇の耳に入ります。謀《む》反《ほん》を知った天皇は二人を討伐しようとしました。そこで二人は一緒に逃げ、倉椅山《くらはしやま》（奈良県桜井市倉橋の南の山）に登りました。険しい道を進む中、ハヤブサが歌います。

倉椅山をわれら二人は登るが　山が険しくて　あなたは岩をつかみ損ね　私の手を取ったよ

ハヤブサはまた歌いました。

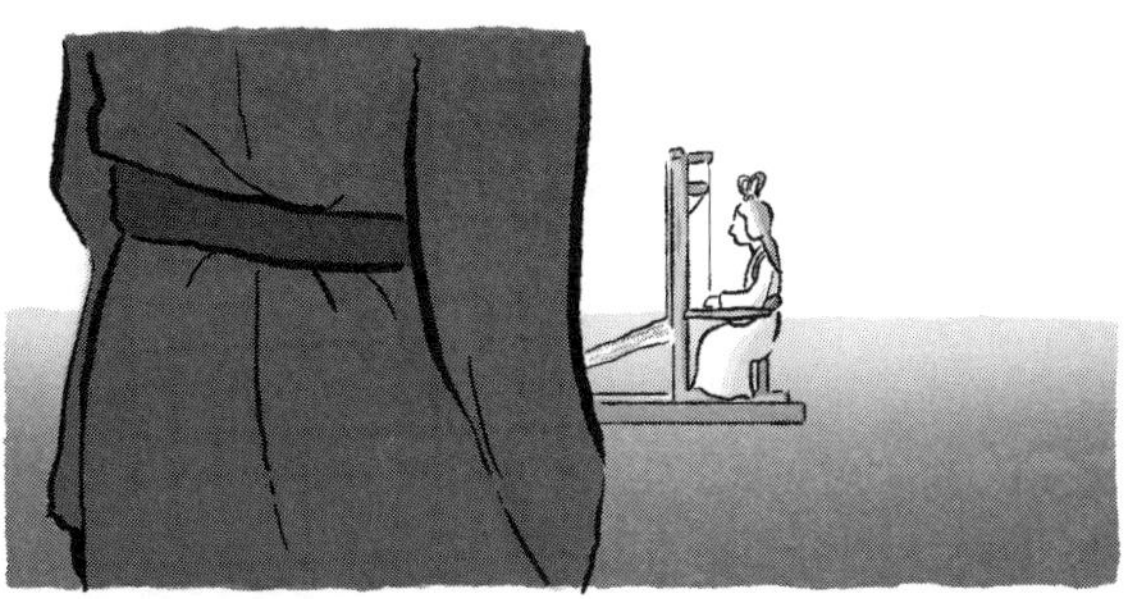

倉埼山は険しいのだが　愛する人と登れば少しも険しくないよ

さらに二人は逃げますが、宇陀《うだ》で天皇の軍に捕まり、二人は殺されました。その際、討伐軍の将軍、ヤマベノオオタテノムラジ（山部大楯連）は、メドリが腕に巻いていた玉を連ねた腕飾りを奪い取って、それを自分の妻に与えました。

その後しばらくして、新嘗《にいなめ》祭の宴が設けられます。豪族の女性たちもみな宮廷にやってきましたが、このときオオタテの妻は、メドリの腕飾りをして出席していました。

イワノヒメは自ら大御酒を注いだ柏の葉を取って、諸々の氏族の女たちに振舞っていましたが、オオタテの妻がメドリの腕飾りをしていることに気づくと、柏の葉の盃を賜《たまわ》らず、「下がりなさい」と退《しりぞ》けました。そしてすぐにオオタテを呼び出して、こう言います。

「お前の妻は無礼があって退けた。メドリとハヤブサは謀反を起こしたから殺された。そのことは仕方のないことだった。それなのに臣下であるお前は、天皇の異母妹であるメドリの腕飾りを、まだその肌も温かい死体から剝《は》ぎ取って盗み、自分の妻に与えたな。なんとむごいことをするのだ！」

そして、オオタテを死刑にしました。

オトナの古事記解説

この物語では、登場人物がみんな鳥の名前になっている。メドリをめぐって、ハヤブサとミソサザイ（サザキ＝仁徳天皇）が争うという構図だ。ハヤブサは猛禽《もうきん》類の名前だが、メドリの一言で謀反に突き動かされて、最後はミソサザイに殺されてしまう。

メドリは古代には珍しく意志の強い、主体的な女性として描かれている。天皇のプロポーズを断るという（当時は）非常識な女性でもあり、その天皇を「殺してしまえ」とハヤブサをそそのかす謀反人でもある。

彼女は、仁徳天皇の即位前に天皇候補だったあのウジノワキイラツコの妹であり、もしかすると「兄は仁徳天皇に殺されたかもしれない」と疑っていて、その復讐をハヤブサに託そうとしたのかもしれない。

結局、ハヤブサともども天皇軍に征伐され、メドリが腕にはめていた腕輪はオオタテに奪われてしまう。

イワノヒメは、宴会でひと目見て、その腕輪がメドリのものだったことを見抜く。当時の腕輪は、どこの氏族の出身かが見ただけでわかるような材質、デザインが施されたマイナンバーカードのようなものだったのかもしれない。

雁が大和国で卵を産んだのは吉兆？　凶兆？

仁徳天皇は新嘗祭の宴会をしようとして、日女島《ひめしま》（大阪市西淀川区姫島町）に行きました。その島では雁《かり》が卵を産んでいました。そこで側近のタケノウチノスクネ（建内宿禰）を呼び寄せ、歌で雁が卵を産んだ様子を問いました。

信頼する朝廷内の大臣よ　あなたは長い人生経験を積んでいるが　大和国で雁が卵を産むなどという話を聞いたことがあるかい

そこでタケノウチノスクネは、歌でこう返しました。

光り輝く太陽の子よ　よくぞ尋ねてくれました　本当に尋ねてくれました　私こそはこの世界に長く生きてきた者ですが　大和国で雁が卵を産むという話は聞いたことがありません

天皇はこの歌に対するほうびとして、タケノウチノスクネに琴を授けました。もらい受けた琴を弾きながら、タケノウチノスクネが喜びの歌を歌います。

あなた様の御子様たちの世が永遠に続くしるしとして　雁が卵を産んだのでしょう

これは祝いの歌の「片《かた》歌」と呼ばれるものです。

オトナの古事記解説

渡り鳥の雁は、秋に北方から日本に飛来し、春になれば故郷の北の国に帰るのが普通だ。そのため、日本で卵を産んで子育てすることはないが、それが都の近くで卵を産んだことで仁徳天皇は大喜びした。

古代において、このように珍しい事象が起こるのはその国がよく治まり、聖天子が存在している証拠と考えられる面があった。ここでは「聖帝の御世」とも呼ばれた仁徳天皇の治世が強調されている。

高木から船、船から琴を作らせる

仁徳天皇の時代に菟寸河《とのき》（大阪府高石市富木）の西に一本の背の高い木がありました。その木の影は朝日に当たると淡路島まで届き、夕日が当たると高安山（大阪府八尾市の東の生駒山地）よりも長いのです。

この木を切って船を造ったところ、とても速い船ができました。その船を名付けて「枯野《からの》」と呼んでいました。この船を使って、朝に夕に淡路島のおいしい水を汲《く》んで天皇のもとに献上しました。

時を経てこの船が壊れたので、これを燃やして塩を焼くのに使いました。さらにその燃え残った木を取って琴を作ったところ、その音は七つ先の村里まで響きました。それで仁徳天皇は歌いました。

枯野を燃やして塩を焼いて余ったもので琴を作り　琴を掻き弾くと　由良の門《ゆらのと》（淡路島と和歌山県友ヶ島の間の紀淡《きたん》海峡のこと）の水門の中の海の石に揺られ立っている　ナヅノキ（海藻のこと）のようによく鳴ることよ

仁徳天皇は、その後八三歳で亡くなります。丁卯年の八月一五日でした。御陵は毛受之耳原《もずのみみはら》にあります。

オトナの古事記解説

大木は昔から神聖なものとされ、神そのものと見なされることもあった。そして、琴や笛などの楽器で、名器とされるものには神秘的なエピソードを持たされることがしばしばあった。

仁徳天皇陵は現在の大阪府堺市にあり、最大長が八四〇メートル、最大幅が六五四メートル、墳丘長が五二五メートルという巨大古墳で「大仙陵《だいせんりょう》古墳」と呼ばれている。

＊　　＊

前書きに示したとおり、下巻の天皇列伝は、第一六代仁徳天皇から始まり、このあと三三代推古《すいこ》天皇まで記述される。

ご存じのように、推古天皇は初の女性天皇だ。三〇代敏達《びだつ》天皇の皇后（後添え）だったが、三二代崇峻《すしゅん》天皇が蘇我馬子《そがのうまこ》に暗殺されて、皇位についた。

推古天皇は聖徳太子を摂政《せっしょう》として用い、冠位十二階や十七条憲法の制定をし国史を編纂《へんさん》した。また遣隋使を派遣し、仏教を広めるなど飛鳥文化を花開かせた。その在位は三七年に及ぶ。『古事記』はこの推古天皇で巻を閉じている。

◉左記の文献等を参考にさせていただきました――
『古事記　全注釈　上・中・下』次田真幸（講談社学術文庫）
『口語訳古事記　完全版』三浦佑之（文藝春秋）
『〈物語と日本人の心〉コレクションⅢ　神話と日本人の心』河合隼雄著・河合俊雄編集（岩波書店）
『中空構造日本の真相』河合隼雄（中央公論新社）
『日本の民話・世界の民話』文藝春秋デラックス（文藝春秋）
『傳説と奇談』山田米吉編集（山田書院）

KAWADE
夢文庫

こんなにエロい古事記の神々

二〇二一年一一月三〇日　初版発行

著者…………林 義人
企画・編集……夢の設計社
東京都新宿区山吹町二六一〒162-0801
☎〇三—三二六七—七八五一（編集）
発行者…………小野寺優
発行所…………河出書房新社
東京都渋谷区千駄ヶ谷二—三二—二〒151-0051
☎〇三—三四〇四—一二〇一（営業）
https://www.kawade.co.jp/
装幀…………こやまたかこ
印刷・製本……中央精版印刷株式会社
DTP…………アルファヴィル
Printed in Japan ISBN978-4-309-48577-5